merlín

Mil cousas poden pasar

Libro I

Jacobo Fernández Serrano

Premio Merlín 2009

EDICIÓNS **XERAIS** DE GALICIA

Dedicado
á miña tía avoa
Lina de Marín

O mundo
1
5
2
1. Cara á Praia Lourida.
2. Palacio real
3. Bosque de Gondollín
4. Cráter abisal.
5. Ventos Cambiantes Descolocantes (VCD)
6. A Batalla Meirande da Historia.
7. Val das Galiñas.
8. Megalagoa Submarina de Portor.

dentro do mar
4
3
6
7
8
N
O
L
S

O mundo
1
2
3
4
5
1. Nil.
2. Río Inrique.
3. Montes do Camiño.
4. O Ancián.
5. Val das Nove Fontes.
6. Deserto Anubrado.
7. Chaira Pedregosa.
8. Montes Novos.
9. Milleira do Consolo.
10. Praia Lourida.

fóra do mar
6
7
8
9
10
N
O
L
S

A VILA
5
2
8
10
1. Camposanto.
2. Praza do Concello.
3. Barranco dos Loureiros.
4. Río Inrique.
5. Pantano Onde Non Amanece.
6. Granxa de Ariosto.
7. Antigo Ximnasio Municipal.
8. Xoiería Trobo.
9. Panadería Cunqueiro.
10. Escola Municipal.

DE NIL
1
9
3
4
7
6
N
O
L
S

Parte primeira

Lina e Pouco

Capítulo O
Pasa unha nube

Unha nube case transparente sobrevoa o bosque moi preto das pólas das árbores. Moi calada, coma se gardase un segredo. Semella que vai quedar prendida na ramada, mais o aire lévaa cara á costa. E unha vez alí, outra brisa empúrraa mar a fóra. E, aínda que non tiña pinta, deixa caer tres pinguiñas:

—Tin, Ton, Tin.

Empeza a nosa historia.

peixes
mariscos
plantas submarinas
civilizacións diminutas
bechos abstractos

Capítulo 1

O MUNDO DENTRO DO MAR

–Goain! Kloumg, Gliuiuiuin!

Máis ou menos así escoitaríanse as tres pinguiñas dende dentro do mar. Con todo, soan tan baixiño, e dentro do mar hai tantos ruídos semellantes, que os que viven alí abaixo nin se decatan. Sexan tres pingas ou o diluvio universal.

O fondo do mar está habitado por todo tipo de seres: a maior parte deles son peixes, mariscos, plantas submarinas, civilizacións diminutas... e todos eles teñen un rei: Pindo IV O Tratable, así chamado pola súa afabilidade en contraste co carácter esquivo e repugnante dos seus devanceiros.

Non é que esta xente precise dun monarca, xa que teñen por costume gobernarse a si mesmos e non aturan ordes de ninguén; así e todo, están encantados de teren un. Son moi afeccionados aos seus discursos e a seguiren os acontecementos da súa vida coma se de unha novela se tratar. Vírono nacer, asistiron ao seu bautizo, ao seu primeiro día de colexio, á súa voda coa princesa Donalbai, ao nacemento da súa filla Neda, ao nacemento do seu filliño Mercurín e, durante todo este tempo, a todos e cada un dos aniversarios reais, nos que Pindo IV O Tratable adoita agasallar ao pobo coa famosa empanada de gaivota saída dos fornos de burbullas de palacio.

Se cadra foi o arrecendo á empanada de gaivota, que xa alagaba as estancias pacegas, o que fixo que Neda, chimpando metro e medio, exclamase:

—Mercurín, pasadomañá é o aniversario de papá!

—Certo! E aínda non lle temos un galano!

Capítulo 2
Os datos que faltan

Antes de seguir, e para que todo vaia ben ordenadiño, aquí van os datos que faltan:

Como vedes nos debuxos, Pindo e Mercurín son tritóns. Donalbai e Neda son, pois, sereas. Igual que tritóns ou sereas foron sempre os integrantes da liñaxe real submarina dende que esta existe. E por que tritóns e sereas e non robalizas ou rapantes? Pois moi sinxelo, porque foi un tritón o primeiro que tivo a idea.

Foi hai miles de anos. A un tritón chamado Meaño ocorréuselle nomearse rei e que a súa descendencia tamén o fora. E como non facía dano a ninguén e víaselle moi ilusionado, pois deixárono estar. Dende entón foi coñecido como Meaño I, *O Que Tivo a Idea*. Pois ben, a familia real desta historia nosa é herdeira dese primeiro rei.

Uns cantos datos máis para rematar: A filla, Neda, ten uns once anos. Mercurín ten nove. Donalbai uns trinta e oito e Pindo IV é algo máis vello.

Dito o cal, xa podemos seguir.

Meaño no momento en que tivo a idea.

Capítulo 3

A COROA DO REI DO MAR

Para vós e para min, o que Pindo IV leva na cabeza é unha teteira oxidada que aínda por riba lle cae pequena, mais para o pobo mariño é unha fermosísima coroa, unha beleza chegada do máis alá.

Isto ocorre porque para eles as cousas de fóra da auga son obxectos valiosísimos e moi prezados. E non só me refiro aos tesouros naufragados noutros tempos, senón tamén a calquera outra cousa botada ao mar por un desaprehensivo, como por exemplo a teteira en cuestión.

Mais a teteira, aínda que fermosa, xa levaba moitos anos adornando a cabeza real. Na opinión da raíña Donalbai xa era tempo de que o rei estrease unha coroa nova. E por iso, cando Neda lle preguntou á súa nai:

—Mamá, que lle podemos regalar a papá polo seu aniversario?

A raíña respondeu:

—Iso é cousa vosa, meus fillos, discorrede. Por certo, cambiando de tema... Decatástesvos do vella que está a coroa do voso pai?

Capítulo 4
Así eran, máis ou menos

Así era a raíña Donalbai, deixaba caer as ideas, como axudando, sen querer que se lle notase demasiado. Logo da pista da súa nai, a princesiña convocou ao seu irmán a unha reunión secreta no leito de algas. Unha vez alí, díxolle:

—Creo que xa o teño, Mercurín, logo de moito pensar dei coa solución. Xa sei o que lle podemos regalar a papá: unha coroa nova!

Así era Neda, adoitaba recoller as ideas suxeridas pola súa nai e presentarllas a Mercurín coma se fosen súas, como se lle aparecesen nos miolos froito de horas de meditación. E non o facía por mal, senón porque estaba convencida de que así era.

Ao cal respondeu Mercurín:

—¡Perfecto! Mais seguro que teremos problemas, non sei onde atoparemos unha co pouco que falta para o aniversario, que xa hai tempo que non se ve ningunha nova beleza do máis alá, e aínda por riba non atinaremos co talle, e até pode que non lle guste, ou que lle quede pequena, ou grande, ou que sei eu, Nediña, mil cousas poden pasar!

E así era Mercurín, ante unha proposta sempre respondía «perfecto!», para logo enumerar unha longa ringleira de atrancos e dificultades que remataba coa frase: «Que sei eu, Nediña, mil cousas poden pasar.»

Pero Nediña, que coñecía moi ben ao seu irmán, xa viña coa resposta preparada:

—Non haberá problema ningún, iremos á terra, colleremos a primeira beleza que vexamos, envolverémola en algas de cores, e regalarémoslla ao noso pai e, se non lle presta, xa haberá tempo de cambiala!

—Perfecto! Aínda que...

—Nada de aíndas! É a única solución!

—Vale, vale, farémolo –consentiu Mercurín case convencido–, e rematou, moi baixiño:

—...aínda que, que sei eu, Nediña, mil cousas poden pasar!

Neda, que xa fora preparalo todo, nada

escoitou. Mais eu digo agora: Ai, Mercurín, non imaxinas o certas que chegarán a ser as túas palabras!

Capítulo 5
Un mar que voa

Lucía o sol na superficie do océano. De súpeto, a pel do mar avultouse e unha inmensa masa de auga separouse do resto, ficou uns minutos aboiando, redondeou a súa forma ata asemellarse a unha nube, e comezou a voar amodiño cara ao Oeste, en dirección á costa.

Tal é, nin máis nin menos, o medio de transporte que adoita empregar a familia real mariña cando quere facer unha excursión terra a dentro. No interior desa nube verdosa cuberta de ondas, ademais dos peixes, os mariscos, as algas, as civilizacións diminutas e os bechos abstractos que pasaban por alí, viaxaban Mercurín e Neda, o príncipe e a princesa do mar respectivamente, na procura dunha coroa que regalarlle ao seu pai o rei Pindo IV, polo seu aniversario. Que haxa sorte! Pois como dicía un parente do gato Kandás:

Non hai erro: sempre fallo,
cando fago un agasallo.

Capítulo 6

O MUNDO FÓRA DO MAR

Que vos podo contar sobre o mundo fóra do mar? En fin, vos xa o coñecedes. Hai animais que falan, as plantas teñen sentimentos e os obxectos teñen alma. Hai xente que é boa, outra xente é mala, e hai outros que nin son bos nin malos. A xente mala enreda as cousas, a xente boa desenrédaas, e a xente nin boa nin mala déixaas como están; o cal é moi malo se as cousas están mal, mais é boísimo se as cousas están ben.

Máis ou menos así é o mundo fóra do mar. Terra a dentro nese mundo, moi afastada da costa, está a vila de Nil, podedes vela? É ese lugar atravesado por un río alá ao lonxe.

—PUM, PAM!

Vaites! Semella que Nil está en festas... Imos máis preto, porque alí é onde viven Lina e Pouco, os auténticos protagonistas desta historia.

Capítulo 7
LINA

Lina é unha rapaza normal e corrente. A súa vida foi indo coma a do resto da xente da súa idade na vila de Nil. De pequena foi á escola, de mociña empezou a traballar na pesca fluvial, logo coñeceu a Pouco nun baile, namoráronse, e hai un ano casaron para viviren xuntos a vida e seren felices, mais non o quixo o destino. Aos poucos días da voda comezou a guerra en Nil e Pouco tivo que facerse soldado.

Hoxe Lina está moi contenta, a guerra rematou, e o seu home poderá deixar as armas e buscar outro emprego máis tranquilo. Corre o rumor de que a todos os soldados os farán músicos de banda.

—Benvida! Benvida a Paz Definitiva! –berraban grupos de xente polas rúas.

Lina tamén berraba con todas as súas forzas:

—Benvida!

Mentres se preguntaba:

—Que instrumento podería tocar Pouco? Un non moi grande, espero.

Capítulo 8

Pouco, o marido de Lina

Pouco é un rapaz normal e corrente. A vida foille indo coma a do resto da xente da súa idade na vila de Nil. De pequeno foi á escola e de mozo traballou no campo co seu pai. Unha noite, nun baile, coñeceu a Lina e namorouse dela. Ao pouco tempo casaron para faceren a vida xuntos e seren felices. Mais non puido ser, xa sabedes: a guerra.

Afortunadamente onte rematou, e as rúas están cheas de xente que berra:

—Benvida a Paz Definitiva!

Todos berran menos Pouco, que ademais de moi baixiño é mudo de toda a vida.

Xa de meniño, ao ver a xente da vila que o neno tardaba en falar, preguntáballe á nai:

—Non fala o teu neno?

E ela respondía:

—Pouco.

Outra volta, vendo a xente que o neno quedaba baixiño, preguntaban:

—Non medra o teu neno?

E ela respondía:

—Pouco.

Como vedes, a nai de Pouco non era muda, aínda que moito non lle faltaba. Era Grixoa moi boa nai, mais muller de poucas palabras. Sempre que os veciños lle facían algunha pregunta sobre o cativo ela respondía:

—Pouco.

Sabe nadar? Dorme ben? Gústalle o puré? Le contos? Pórtase ben na escola? Pouco, pouco, pouco, pouco e pouco, e foi por iso polo que todos acabaron chamándolle Pouco, aínda que a nai tiña pensado poñerlle Boqueixón.

—Benvida a Paz Definitiva! Viva! Pum! Tracatacatá!

Viva a paz, por suposto, viva sempre a paz, mais... Por que foi a guerra?

Capítulo 9
A GUERRA DO LEITO SECO

Como xa vos contei máis atrás, a vila de Nil está atravesada por un fermoso río de nome Inrique. Hai cousa dun ano o río desapareceu sen máis, non estaba no seu leito e ninguén sabía onde podería estar.

Imaxinade o que iso supuxo para os Nilenses, un pobo que vive en grande medida da agricultura e da pesca fluvial: era unha catástrofe de enorme magnitude. Mais a verdadeira traxedia estaba aínda por chegar.

Co pasar dos días a xente da vila comezou a inquietarse e xurdiron envelenados murmurios sobre os causantes do feito. Os dunha beira aseguraban que os da outra tiñan o río preso nun vaso xigante con tapa de reixas. E os da outra afirmaban que aqueles o roubaran para retallalo en circos e vendelo a unha fábrica de espellos. En fin, unha tarde atopáronse as dúas metades do pobo na madre seca do río. Ían alporizados, insultáronse, berráronse e comezou a guerra.

Durante case un ano, todos os luns, mércores e venres, de seis a nove, os guerreiros batallaron no leito seco. Moitos deles non sabían por qué pelexaban, só sabían que cada día odiaban máis ao seu inimigo, que

estaban cansos e que lles doían os ósos das mans e dos pés. Foi unha guerra terrible. Ata onte.

Onte rematou. Ás sete menos cuarto, en plena liorta, de pé no medio e medio do leito seco, apareceu o río Inrique e dixo:

—Por que é a guerra?

Capítulo 10

A PAZ DEFINITIVA

Ao río Inrique, coma aos ríos en xeral, non lle importaba demasiado o que lles pasara ás persoas que vivían ao seu carón. Non quero dicir con isto que o río fose un egoísta ou un malvado, non, simplemente era un río, e os ríos están ou marchan cando lles peta, e logo volven, ou non volven, sempre foi así.

Mais na vila de Nil non se pararan a pensar no máis sinxelo, no que os vellos saben e gustan de contar se alguén lles pregunta. Na vila de Nil preferiron alporizarse, inventar culpables entre os seus veciños e rifar durante un ano luns, mércores e venres.

—Non hai quen vos entenda! –dixo Inrique.

E logo, como os nilenses calaban, apertaban os beizos e enchíanselles os ollos de luces trementes, decidiu contarlles onde estivera durante todo o ano:

—Marchei de viaxe de estudos. Tiña gañas de aprender e curiosidade por todo, así que marchei. E dígovos unha cousa: que amplo e fermoso é o mundo! Cantos países e cidades! Cantos xeitos de vivir a vida! Agora síntome outro, un río novo! Mais canto me queda aínda por aprender!

O certo é que se lle notaba bastante cambiado. Traía chapeu e patillas, e carrexaba varias maletas e baúis dos que rebordaban moreas de libros e cadernos. Ao seu redor voaban paxaros e insectos que endexamais se viran polo val, e nas súas beiras agromaban plantas fermosas e descoñecidas. Víase ben que era Inrique, e con todo e iso semellaba outro, un outro Inrique, un Inrique erudito e viaxado.

Os exércitos, avergoñados, romperon a chorar os sete chorares, e uns aos outros pedíronse perdón entre saloucos. Alí mesmo firmouse a Paz Definitiva.

O río deitouse no seu leito, asolagando as pegadas dun ano de guerra, e dixo:

—Por que non transformades os exércitos

nunha banda de música? Supoño que saberán desfilar, e uniforme xa teñen; o resto apréndese.

Logo ficou un anaquiño en silencio, cos ollos pechados, como lembrando algunha pasaxe vizosa da súa viaxe, mesmo diríase que bailaba, e berrou:

—Canta música extraordinaria hai polo mundo!

Todos aplaudiron, e choraron e se bicaron, albiscando por vez primeira en todo o ano un porvir tranquilo e luminoso para a vila de Nil.

Capítulo 11
E OS INSTRUMENTOS?

A idea do río Inrique foi moi ben recibida entre os ex-combatentes; con todo, ninguén sabía como poñela en marcha e, o que é máis importante, non sabían de onde sacarían os instrumentos musicais. Mais, para que vexades que non é imposible que os nilenses aprendan dos seus erros, un daqueles soldados dixo:

—Por que non lle preguntamos a un vello?

Acto seguido, escoitáronse dúas mostras do mecanismo fisiolóxico caracterizado pola expulsión violenta e ruidosa de ar dos pulmóns, é dicir, dúas toses. A xente toda ollou cara ao sitio de onde proviñan e deu cun velliño sentado nun banco que cuspía nun pano. Era don Torsón, disimulando, encartando e gardando o pano no peto peitoral da chaqueta coma se a cousa non fose con el.

Un oficial de infantería da beira norte reflexionou interiormente:

—Carafio, que elegante xeito de ofrecerse á comunidade para resolver calquera cuestión que precise da visión e do xuízo dos seus noventa e nove anos.

E logo inquiriu con militar voceirón:

—Escoite, don Torsón, non sabería voste de como conseguir os instrumentos para facer unha banda de música na vila?

Un avelaíño sorriso naceu baixo o rugoso e peludo nariz de don Torsón antes de contar todo o que sabía. E o que contou foi que unha vez houbo na vila unha banda, da que el fora director, e que se disolveu durante a epidemia de migraña de hai sesenta anos. Mais no faiado do edificio do concello gárdanse aínda todos e cada un dos instrumentos nas súas fundiñas, e que abondaría con pasarlles un pano por riba e afinalos un pouco. E que mesmo el, se lle pasaban un pano por riba e o afinaban un pouco, daría nun bo director para a nova banda de Nil.

Houbo unha gargallada colectiva de aprobación. E dona Numerosa, a alcaldesa, que grazas á súa neutralidade mantivera o cargo durante toda a guerra, atenta coma sempre ao sentir do pobo, nomeou a don Torsón director da banda e proclamou:

—Moi ben! Asunto pechado! Mañá será a festa de Benvida da Paz Definitiva, e levarase a cabo o sorteo dos instrumentos! Vou buscar as chaves do faiado!

Capítulo 12
POUCO FAISE MÚSICO

—Tracatacatá! Pum! Pum! PAM!

Os fogos artificiais e os petardos de sete estralos animaban as ateigadas rúas de Nil. Por todas partes había xente rindo e falando, comendo e bebendo. Respírabase a ledicia! E entre eles Lina, dirixíndose cara ao Concello, a ver se Pouco xa saíra do sorteo dos instrumentos.

Pola porta do salón de actos do Concello principiaban a asomar os afortunados que, segundo pisaban a praza, eran recibidos con aplausos e parabéns. O primeiro foi don Torsón, bailando no aire a súa batuta coa que facía estraños movementos a medio camiño entre variña máxica e florete de esgrima. Despois Nuno Faia, levantando por riba da cabeza un enorme timbal. Logo apareceu Parsi

Vázquez, a xenerala, mostrando unha frauta travesa relucente da que ninguén diría que pasou sesenta anos pechada nun rocho municipal.

E así foron pasando cantos soldados loitaran na guerra do Leito Seco con cadanseu instrumento: clarinetes, caixas, trompetas, cornetíns, saxofóns, gaitas, trombóns, todos eles en perfecto estado. Mais pasaba o tempo e Pouco non daba saído daquel salón de actos.

Lina era paciente por natureza, e non lle deu importancia a aquel retraso. Por fin chegou o seu home, arrastrando con grande esforzo un instrumento que o superaba en tamaño.

—Pero que é o que leva aí o Pouco? –dicíase a xente.

Aquela enormidade metálica era, porén, un obxeto moi fermoso, cheo de tubos dourados que se curvaban e volteaban nun labirinto sen fin ata rematar nunha ancha campá.

—A tuba! É a tuba! A Pouco tocoulle a tuba! –berrou alguén de entre o público.

—Bravo! Bravo!

E todos aplaudiron como fixeran co resto dos novos músicos da banda. E, aínda que Pouco non puidera alzar o seu instrumento para amosarllo á concorrencia, sentíase moi orgulloso e ilusionado coa súa tuba.

—Parabéns!, díxolle Lina cun bico.

Capítulo 13

Primeiros ensaios

Atrás quedaron os días en que Pouco era un soldado; agora é músico e unha gran parte do traballo dos músicos, como ti ben sabes, é ensaiar. Así que Lina e Pouco se ergueron cedo para empezar a practicar coa tuba. Ben, en realidade, o que ía ensaiar era Pouco mais facíalle falta algo de axuda para carrexar o instrumento ata un pradiño a carón da súa casa, onde pensaban pasar a mañá estudando música.

Chegados ao campo, pousaron con suavidade a tuba na herba.

—Olla para aí, Pouco, mira que dous! –comentou divertida Lina ao ver as súas imaxes reflectidas no escintilante metal do instrumento.

As voltas e reviravoltas facían de espellos deformantes, se é que os probastes nalgunha ocasión. Lina víase alongada, cun pescozo quilométrico. Pouco, noutra parte do instrumento, aparecía repoludo e ondulado, coma se estivese mergullado na auga.

—Aí nos tes, Pouco: a moza xirafa e o músico submarino!

Riron con gusto da brincadeira e logo concentráronse na observación da ferramenta de traballo que a Pouco lle caera en sorte.

Basicamente a tuba é coma un caracol xigante que en vez de cabeza ten unha campá, e en vez de cuncha ten un garabato de tubos enrolados. Dun extremo desa marañа dourada pódese distinguir unha boquiña pola que soprar, e doutro lado uns botóns para dar as notas.

O primeiro que Pouco deduciu é que a campá debería apuntar para arriba, xa que por ela sae o son e non lle parecía ben botar a música ao chan. O resto foi sinxelo, abrazou o instrumento, tenteou cunha man ata tocar os botóns das notas, puxo os beizos na embocadura e soprou con forza.

O son obtido foi exactamente:

—Pffffrrr...!

Capítulo 14
SEGUNDO INTENTO

Certo, soou mal, moi mal, mais Pouco era un rapaz de boa memoria e nese instante mesmiño lembrou uns versos atribuídos a un parente do gato Kandás que dicían o que segue:

Xura a bruxa,
pel de cabuxa,
que mellor debuxa
canto máis debuxa.
E así con todo

Aínda que a cancioncina semellase algún tipo de esconxuro para debuxantes, Pouco soubo aplicalo ao seu dicíndose:

—Xa sabes, Pouco, canto máis se debuxa mellor se debuxa, e así con todo.

Así que Pouco non se arredou con ese primeiro fracaso, colleu máis aire nos pulmóns e soprou de novo:

—Pfffu!

—Moito mellor! –animouno Lina, que observaba pacientemente as evolucións do seu esposo.

Pouco, coas fazulas vermellas, tomou uns segundos para recuperar os folgos, inflou o peito ata os topes, e deulle por terceira vez con toda a enerxía de que foi capaz.

—POU! –soou a tuba, alto e claro.

—Bravo! Agora si que si! –felicitouno Lina aplaudindo–. Bravo!

Pouco, abraiado, repetiu:

—POU!

A súa expresión era de felicidade plena, e non só por conseguir sacar o primeiro son potable daquela tuba, senón pola natureza mesma daquel son.

—Pou? –pensaba Pouco–, Pou? Será posible? –E sopraba de novo unha e outra vez cos ollos moi abertos:

—POU! POU! POU!

—Vaites, Pouco! Seica vas dicir o teu nome! –chanceou Lina; porén, como adoitaba ocorrer, atinou no esencial do asunto, pois era precisamente iso o que tiña alucinado a Pouco. Era o feito de que por vez primeira na súa vida podía pronunciar o comezo do seu nome: podía dicir Pou!

—Por suposto! –dixo Lina adiviñándolle o pensamento–. E iso que é o primeiro día de ensaio! Imaxínate cando leves un mes, vas poder presentarte con nome e apelidos !

Pouco ría, como se lle acabasen de dar unha sorpresa, un agasallo inesperado. El sempre fora mudo, e agora, grazas a aquela tuba, vía moi preto a posiblidade, como mínimo, de pronunciar o seu nome; e como máximo, quen sabe?

Esta foi para Lina e Pouco unha ledicia máis que sumar á gran ledicia da fin da guerra e á maior ledicia de todas, que era estaren xuntos.

Mais, por estraño que vos poida parecer, a ledicia dunhas persoas pode causar sufrimento noutras, pode facer que se lles revolvan as tripas e que polo lombo lles corra suor fría. Son ese tipo de persoas que cando ven alguén rindo, en vez de contaxiarse coa súa risa, pensan: «Ri agora, que xa chorarás.» Pois ben, nos lindes daquel pradiño, agochada tras un freixo, unha figura esquelética empapada en suor e coas tripas revoltas rosmaba sen mover os beizos:

—Ride agora, que xa choraredes.

O seu nome: Hedión.

Capítulo 15
HEDIÓN, O EMPERADOR SOMBRIZO

A vila de Nil, como todas as vilas, ten un cemiterio. Atópase nun recuncho da poboación, de costas ao pequeno barranco dos loureiros. E ese cemiterio ten un encargado, un traballador municipal que se ocupa do mantemento e de soterrar aos mortos; chámase Elpidio Comesaña, mais prefire que lle chamen Hedión, o enterrador.

Hedión é enterrador vocacional, é dicir, que ama o seu traballo e todo canto o rodea. Viste levita negra de mangas axustadas e pantalóns mil raias igualmente axustados. Aínda que de nacemento é de pelo rizo, alourado e bastante moreno de pel, Hedión pintouse pel pálida con olleiras lila, tinguiu de negro chapapote a cabeleira, alisouna, e cubriu con chisteira e capa negra todo o conxunto.

Como vedes, Hedión é un sepultureiro que vai de sepultureiro arrepiante, e ten o cemiterio arranxado en consonancia co seu estilo. A saber: lápidas inclinadas, gretadas cruces, árbores secas de retorta ramallada, ferros enferruxados, arañeiras, morcegos, en fin, toda a parafernalia.

Para Hedión o camposanto é a verdadeira cidade de Nil e el é o seu emperador. A outra non é mais que un lugar de paso, unha residencia provisional onde os nilenses pasan un tempo, que vén sendo a súa vida, ata que son merecentes de formar parte da distinguida poboación da auténtica Nil, onde os agarda.

—Sede benvidos, súbditos de Hedión, emperador sombrizo da auténtica Nil.

Emperador sombrizo, mestre escuro, señor das tebras, por aí vai a cousa. Nesa liña van todos os pomposos títulos cos que Hedión se adobía, aínda que para o resto do pobo non sexa máis que un encargado de mantemento algo excéntrico e pouco traballador que ten o camposanto feito un desastre.

Capítulo 16
O RICTO

Un dos xeitos preferidos de pasar o tempo para Hedión é falar consigo mesmo. Dado que ao longo desta historia escoitaredes algún que outro dos seus soliloquios, cómpre advertirvos das tres características principais do seu falar.

A primeira é que Hedión se trata a si mesmo de vostede; seica o respecto que lle inspira a súa propia persoa impídelle atuarse. Afarédesvos axiña.

A segunda é que adoita empregar un ton solemne e afectado, combinado cun vocabulario grandilocuente coa intención de deixar frases para a historia. Non sempre lle saen.

E a terceira e última é a máis importante, un dos máximos logros na forxa da súa identidade de enterrador terrorífico, o que el deu en chamar O Ricto.

Hedión aborrecía a expresividade dos rostros, considerándoa unha indiscreción, unha obscenidade e un exhibicionismo indecoroso. Na súa opinión, a xente non ten por que amosar se está triste, contenta, preocupada ou despistada. Esa mobilidade irracional de cellas e boca facíaselle insoportable e decidiu entregarse á práctica do Ricto ata o seu total dominio. Logo de moito sacrificio, a súa faciana acadou unha inmobilidade apertada, tensa, imperturbable e maxestosa. Mais era xustamente no falar onde os resultados de tanto esforzo e disciplina se amosaban en toda a súa espectacularidade, pois emitía frases enteiras sen despegar un milímetro os seus esbrancuxados beizos. Coma se o seu discurso fose pensamento materializado en son, sen pasar pola orgánica vulgaridade do aparato fonador. Como el mesmo adoita dicirse:

—Ou, Hedión, monarca escuro, fala voste de como pensan as estatuas: con verbas labradas en pedra.

Capítulo 17
E POR QUE ESPIABA A LINA E MAIS A POUCO

O caso é que tras desa faciana pétrea se agochaba unha alma sensible. Dun tempo a esta parte Hedión sentía no seu interior unha emoción indescritible, unha ansia ata entón descoñecida, unha irrexeitable forza que turraba del con insistencia: o desexo de ser artista, e máis concretamente músico.

Para algúns trataríase dun simple capricho, mais para outros sería o descubrimento dun sentido para a existencia, vós podedes elixir o que vos pareza, ou mellor facédeo ao remate desta historia. Que sabe un do que pasa dentro da xente?

Mais Hedión seguía sendo Hedión, e o Hedión músico habería encontrar un instrumento digno do Emperador Sombrizo e da súa corte de finados. Nun principio, por suposto, pensou no órgano catedralicio, mais

desprezouno decontado por aparatoso e inabarcable.

Foi entón cando volveu Inrique, rematou a guerra e don Torsón informou do que gardaba no faiado do Concello. Nese mesmo intre Hedión elixiu o seu favorito, o máis grave, aquel cuxo son fai tremer o chan, o meirande e señorial, o rei dos desfiles: a tuba.

—Ou, Hedión, a tuba ten a voz da noite. Esa voz naceu para cantarlles aos defuntos, e para indicarlles aos vivos a verea ata cadanseu pozo na terra. Soprar e desfilar, soprar e desfilar, ou, fermosura!

Mais ás veces as cousas non saen como un agarda. Primeiro, non puido participar no sorteo porque el non era un ex-guerreiro. E segundo, o seu ansiado instrumento xa ten dono: A tuba tocoulle a Pouco.

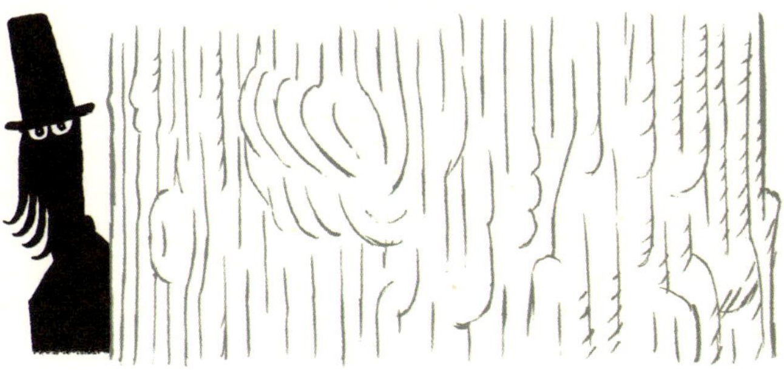

Capítulo 18

A COROA PERFECTA

—Que, Nediña, atopas algo?

—Aínda non, pero ven, asómate, mira que beleza!

A bordo dun anaco de óceano os príncipes do mar sobrevoaban lentamente unha paisaxe verde con pequenos vales e montañas baixas. Era bastante parecida ao seu amado fondo submarino, mais había unha diferenza importante:

—Fermoso, pero moi teso –dixo Neda logo de botar un ollo dende a parte baixa daquela nube xigante de auga de mar.

E estaba no certo, as cousas baixo o mar non paran quietas, bailan e ondúlanse eternamente, coma se cambiasen de forma, coma se non tivesen un aspecto fixo senón un cambiante. Mais para eles os dous iso era o normal, o raro era esa quietude da vida fóra. No entanto, de cando en vez sopraba unha brisiña que movía as follas das árbores.

—Ves, Nediña, algo se moven.

E de súpeto esa brisiña trouxo ata eles un son arredado:

—Pou-pou-pou.

—Irmán, escoitaches iso?

—Escoitei, vén de tras eses montes! Imos!

E, seguindo aquel poupoupou, dirixiron a súa particular nave de auga salgada ata un val onde había unha viliña atravesada de parte a parte por un río. Agora escoitábase mellor:

—POU-POU-POU!!

—O son vén de alí, daquel pradiño –descubriu Neda–, e logo berrou emocionada:

—Olla para aí, Mercurín!

Un dourado resplandor cegoulle a vista. Escintilaba dun xeito inigualable, descoñecido e misterioso, e procedía do obxecto do que saía aquel son teimudo.

—Máis preto, Mercurín! –berrou Neda collendo os prismáticos.

Aquela era unha auténtica beleza do máis alá, orixinal, rexia e sofisticada, o seu pai ficaría abraiado, mesmo semellaba do seu talle.

Non había dúbida ningunha: era a coroa perfecta. Principiaron o descenso.

Capítulo 19

O CLIMA ESTÁ TOLO

POU !POU !POU! Pouco seguía ensaiando moi contento, esforzándose por ver se era quen de pronunciar o seu nome con aquela tuba milagreira. E tanto o intentou que se lle enredou a roupa no aparello. Non podía explicarse cómo, mais a camisa e o chaleco enleáronselle no labirinto de tubos dourados e non era quen de desenlealos.

—Pouco? Que fixeches? –Lina estaba disposta a axudar, mais estoupou a rir.

De certo que era incrible, o seu home e a tuba fundíranse nunha mesma cousa, coma se a tuba fose parte del e el da tuba; semellaba unha especie de engalano de cores que lle pegaran ao instrumento un día de festa. Lina e Pouco escachaban coa risa, doíalles o bandullo de tanto rir. Ata que o ceo escureceu de súpeto.

Segundos despois, Lina estaba axeonllada no medio e medio dun charco enorme, totalmente mollada, intentando darlle unha explicación ao que acababa de ocorrer. Foi como unha chuvia dunha soa pinga xigante que, logo de cubrirte por completo, rebotase no chan e decidise volver amodo ao ceo. Era a chuvia máis estraña que vira na súa vida, viña chea de peixes e plantiñas flotantes e, ademais...

—Puah! Auga salgada! Pero ti viras algunha vez cousa semellante, Pouco? Seica é certo que o clima toleou! Pouco?

Mais Pouco non estaba, e a súa tuba tampouco.

Capítulo 20
Unha oportunidade para Hedión

Por insólito que vos poida parecer, cando se produce unha desgraza, mentres a maioría da xente se lamenta ou busca unha solución, hai outra que pensa en sacarlle proveito. Son persoas ás que se lles ouriza o pelo da caluga e se lles expande o peito ao seren testemuñas da dor allea. E, oculto á sombra dun freixo, un home fraco sentía na caluga unhas pracenteiras cóxegas mentres enchía os pulmóns de satisfacción: Acertastes, era Hedión o enterrador, entusiasmado diante da desgraza daquela pobre rapaza.

Lina miraba en todas as direccións na procura de Pouco, resistíndose a crer que aquela choiva aterecida o levara consigo, sacudindo do pelo cachiños de algas, ollando para o ceo de cando en vez, alá ao lonxe, onde se perdía tras os montes un anaco de auga verdosa.

—Ou, Hedión, príncipe do camposanto, semella que o destino abre un camiño para vostede. –Díxose o enterrador mentres dende o seu agocho ollaba a Lina, quen, non sabendo que facer nin que pensar, só puido chorar escondendo a mágoa na palma das mans.

Hedión, diante daquelas bágoas, á parte de inmenso gozo, sentiu a necesidade de deixar unha das súas frases para a historia, ou se cadra para esta historia, e declamou:

—Observe vostede, Hedión o infalible, cómo antes ou despois os risos tórnanse prantos, pois tal é o estado natural da alma humana.

Dito o cal, saíu amodiño de alí e colleu o camiño do Concello mentres argallaba unha desinteresada manobra de intervención sobre a realidade.

Capítulo 21
ASUNTO ABERTO...

Segundos antes de entrar no Concello, Hedión xa tiña posta a súa «mirada penetrante», aquela coa que reforzaba o ricto nas escasas ocasións en que falaba cun alleo a si mesmo. Unha vez dentro, solicitou audiencia con dona Numerosa, a alcaldesa. A conversa que mantiveron foi exactamente así:

HEDIÓN: Supóñoa ao tanto da lamentable desgraza acaecida hai escasos minutos no pradiño, querida colega.

ALCALDESA: E logo? Que pasou?

HEDIÓN: O tuba da nosa Banda Municipal recentemente creada foi secuestrado por unha masa de auga voante de orixe descoñecida. Mais non hai de que preocuparse, teño na miña man a solución inmediata a todo canto problema poida xurdir a causa da devandita desaparición.

ALCALDESA: Moi ben, agarde un anaquiño...

A alcaldesa colleu unha carpeta dunha gran caixa de carpetas baleiras, escribiu por fóra **Secuestro do tuba da banda** e meteuna pola letra *s* de *secuestro* nun enorme caixón arquivador que tiña por fóra o epígrafe *ASUNTOS ABERTOS*. Feito o cal, proseguiu o diálogo.

ALCALDESA: Vas rescatalo entón?

HEDIÓN: Non, non, esa non é cousa que estea na miña man; referíame máis ben á grave situación en que queda a nosa Banda Municipal.

ALCALDESA: E que lle pasa?

HEDIÓN: Quedou sen tuba e sen músico que a toque.

ALCALDESA: Bah, tanto ten!

HEDIÓN: Non diga tal, dona Numerosa, a tuba é un dos instrumentos fundamentais nunha banda. Mais aquí estou eu!, e

dende este mesmo instante ofrézome para ocupar a mencionada vacante coa particularidade de que eu mesmo aportarei o instumento sen custo ningún para os orzamentos municipais.

ALCALDESA: Ti? Pero se ti es o enterrador!

HEDIÓN: Certo, mais non teño inconveniente en deixar o cargo durante un tempo con tal de ser útil ao noso pobo. Aceptarei o posto de tuba da banda e deixarei un substituto do meu sangue ao coidado do cemiterio. Propoño ao meu fillo Propicius como novo enterrador da vila de Nil.

ALCALDESA: O teu Propicio? Pero se é un neno de dez anos!

Capítulo 22

... Asunto pechado!

Hedión lembrou a sabedoría dun parente do gato Kandás cando cantaba:

Ao que che diga que non
faillo ver coa túa visión

E continuou coa conversa.

HEDIÓN: Certo tamén, mais iso non é impedimento ningún. Propicius coñece o oficio de sepultureiro á perfección, máis que calquera outra persoa da vila agás, claro está, a miña propia. Será un sucesor digno da miña estirpe.

ALCALDESA: Os nenos de dez anos non deben traballar! Teñen que ir á escola!

HEDIÓN: Á escola? Como moi ben sabe, dona Numerosa, a escola serve para ensinar aos cativos certas habilidades que lles sirvan para traballar. Non será desas que pensan que é bo aprender cousas en xeral sen ningunha utilidade en particular? O meu Propicius xa sabe dabondo para desenvolver a súa profesión, que é a miña, e non precisa estar un só día máis rodeado de nenos tusidores, de po de xiz, nin de libros cotrosos. Non lle caiba dúbida de que será un extraordinario sepultureiro.

ALCALDESA: Vaia, non lle digo que non. Mais vostede non participou na guerra! E a banda é para os ex-loitadores!

HEDIÓN: Está vostede no certo, miña alcaldesa, en que eu non loitei, non, mais, ¿está segura de que non participei na guerra? Cre vostede que unha guerra sería a mesma sen a participación dos que nos dedicamos ao digno oficio de soterrar mortos? Porque está moi ben que as xentes se maten os uns aos outros, claro, pero... e os finados? Que facemos cos defuntos se non hai enterrador?

ALCALDESA: Mmmm, boa pregunta.

Dona Numerosa berraba e puña moitas obxeccións mais non era difícil de convencer. O importante para ela era que os temas marchasen, que os asuntos saísen adiante, bulindo, un tras doutro, sen moito cavilar, unha cousa rápida, sen deterse moito no cómo nin no porqué. Razón pola cal, mentres pronunciaba aquel mmmmmm dirixíase paseniño cara ao arquivador co epígrafe *Asuntos abertos*.

Alcaldesa: E dis que tes tuba!

E sacou do caixón a carpeta titulada **Secuestro do tuba da banda**.

Hedión: En efecto, miña señora.

Alcaldesa: E sabes tocar?

E colleu un selo de caucho de tamaño considerable para, deseguido, premelo contra unha almofadiña cargada en tinta de secado rápido.

Hedión: Non menos que Pouco, o resto apréndese.

Alcaldesa: Pois feito!

Pam! E espetou o selo na carpeta deixando a palabra *Solucionado* impresa en vermello na súa portada. Logo achegouse á outra esquina do despacho, ata un gran caixón arquivador que tiña o epígrafe *Asuntos pechados* en letras douradas. E alí gardou a carpeta orgullosa do traballo ben feito.

Ese serán Hedión foi nomeado novo tuba da banda e o seu fillo, Propicio, novo sepultureiro e técnico de mantemento do cemiterio da vila de Nil.

Capítulo 23
AXUDA!

Lina non podía ficar chorando toda a mañá. Ocorréuselle pedir axuda no Concello por ver se a alcaldesa enviaba aos gardas municipais na procura de Pouco. Tivo que agardar un chisco porque dona Numerosa estaba nunha reunión. Por fin abriuse a porta e Hedión o enterrador saíu do despacho. Miráronse. Malia saber Lina, como todos na vila, do ridículo ricto do sepultureiro, nese momento pareceulle que sorría levemente.

—Vaia –pensou–, polo menos hai xente á que lle van ben as cousas.

E pasou ao despacho. A conversa que tivo coa alcaldesa foi exactamente así:

ALCALDESA: Vaia, que mal aspecto ten vostede!

Lina estaba empapada, cuberta de algas e manchada de terra. Era obvio que acababa de sufrir unha calamidade e non tivera tempo nin forzas de arranxar a súa imaxe. Mais iso non era escusa abonda para dona Numerosa, e a negativa impresión que lle causou aquela moza chafalleira e desastrada decidiu, en parte, o resultado final desta entrevista. Mágoa que Lina non lembrase aquela letriña dun parente do gato Kandás que dicía:

Porque logo da desgraza
parecías desgraciado
causaches desconfianza
no funcionario encargado
de aliviarlle as desgrazas
aos pobriños desgraciados.

LINA: Unha nube verdosa de auga salgada levou o meu home.

ALCALDESA: Era o tuba da banda?

LINA: Era.

ALCALDESA: O asunto xa está solucionado!

LINA: Como? E onde está Pouco?

ALCALDESA: Nin idea.

LINA: E logo como pode vostede dicir que o asunto está solucionado?

ALCALDESA: Mire, filliña, que pon neste caixón arquivador?

LINA: Asuntos pechados.

ALCALDESA: Moi ben, asuntos pechados. Abro, saco unha carpeta... Que pon nesta carpeta, por favor?

LINA: Secuestro do tuba da Banda.

ALCALDESA: Así é, e poderíame vostede ler o que din estas letras vermellas estampadas enriba?

LINA: So-solucionado.

ALCALDESA: E logo? Que máis explicación precisa! Faga o favor de abandonar o meu despacho que teño moito traballo! E cámbiese de roupa que dá pena vela!

Solucionado? Lina comprendeu que non podería contar con ela. Marchou de alí e púxose a chorar na beira do río.

Capítulo 24
Propicio Comesaña

Propicio, que así se chamaba o rapaz aínda que o seu pai lle dicía Propicius, estaba na casa fregando nos pratos. As prolongadas ausencias da súa nai fixeran del un neno moi responsable e colaborador nas tarefas do fogar. De feito, era un maniático da orde e da limpeza. Niso, din, sae á súa nai Graziella.

Propicio tiña tres anos o día en que a súa nai marchou por primeira vez:

—Meu filliño, por fin acadei o posto de Arqueóloga Máxima Mundial. Todo será perfecto agás que pasarei grandes tempadas fóra da casa facendo escavacións polo mundo adiante. Non haberá problema, mais só che pido dúas cousas: primeira, que manteñas a casa limpa e ordenada sempre; e segunda: non tomes ao tolo do teu pai como exemplo para nada.

E así o fixo. Aínda que a verdade é que non lle supuxo moito esforzo. Levaba no sangue o gusto esaxerado pola orde e a limpeza. E tamén nacera cun total desinterese por calquera cuestión que tivese que ver co seu pai. Niso, din, tamén saíu á nai.

Mentres Propicio aplicaba o rodo a unha cacerola con forza abonda para extraerlle a graxa toda, mais tamén con abonda delicadeza para non rañar a superficie da mesma, unha delgada figura apareceulle tras de si coma unha sombra chegada do inframundo.

—Ola, papá –saudou Propicio.

Hedión gusta de entrar sen facer ruído, de abrir as portas demoradamente, de pisar o parqué con brandura felina, para asomar de socato, coma unha pantasma, e amedrentar a uns e outros gabándose de aparecido e ultraterreo. Mais con Propicio non lle funcionaba. Logo de ser descuberto faloulle así:

—Meu fillo Propicius, chegou a hora en que terá que enfrontarse a aquilo para o que veu ao mundo. Chegou a hora da sucesión! Dende agora mesmo é vostede o novo rexente da vila dos mortos. Realizouse o seu destino. Ante min ábrese o camiño da arte e por el penetrarei. Rematou o colexio para vostede. Xa é un home. Mañá encomeza a súa vida.

Capítulo 25
Vou

Como xa sabedes, hai persoas que ao veren alguén chorando dinlle: Non cho dixen? Non dixen que ías chorar? Outras, polo contario, preocúpanse pola persoa que chora e intentan animala, dicindo:

—Tranquila, verás como hai unha solución, dime o que che pasa e tentarei axudarte.

Máis ou menos así lle falou o río Inrique a Lina, e ela, entre saloucos, contoulle o ocorrido: faloulle da nube de auga salgada que lle roubou a Pouco.

—O caso é ben raro, mais temos certeza nunha cousa, non hai dúbida, é auga de mar.

Ata aquel día, Lina nunca vira o mar, e moito menos o probara. E ollando para arriba, para os montes tras dos que se perdera a nube verde, preguntou:

—E por onde se vai?

Lina non deixaba de mirar a cada pouco ao recanto do ceo polo que desaparecera a choiva ladroa. Era indiferente á nova beleza das beiras do río Inrique logo da súa viaxe polo mundo. Nin se decatou da pomariña de mazás douradas que recendían ao aire morno daquel serán.

—Ao mar? Pois está bastante lonxe, eu mesmo remato nel, mais se atravesas as montañas e camiñas recto por onde marchou a nube chegarás antes.

—Grazas, vou.

—Non levas comida?

—Si, claro, teño que levar, mmmm, podo coller unha mazá?

—Colle dúas: unha para ti e outra para Pouco.

—Grazas.

—Sorte.

Lina gardou as mazás no seu bolso e comezou a camiñar estirando o pescozo e ollando cara ao ceo, cara ao lugar por onde o mar fuxiu con Pouco.

Fin da primeira parte

Parte segunda

A viaxe de ida

Capítulo 26
Que opinas, miña nai?

Como dicía unha parente do gato Kandás:

Que resplandeza a coroa!
Non reparen na persoa!

A raíña Donalbai ficou sen palabras. Na expresión dos seus fillos xa adiviñara que a viaxe terra a dentro fora un éxito e que o agasallo para o aniversario do rei estaría á altura. Con todo, non imaxinaba a extraordinaria beleza e distinción da recolleita dos seus fillos.

—Bravo, Neda! Bravo, Mercurín! Moi ben feito! É a coroa máis fermosa de todas cantas cinguiron cacholas reais dende os tempos de Meaño I, *O que tivo a idea*. Voso pai levará unha impresión que non esquecerá facilmente. Mesmo ten un bonequiño de adorno! Excelente! Metédea nunha caixa e envolvédea con algas de cores, a festa está a piques de encomezar.

Aquel bonequiño era Pouco, abrazado á tuba, inconsciente, coa roupa enleada e os beizos na boquilla, semella que respirando por ela.

Capítulo 27

O BAILE

Lina camiñaba polo Carreiro da Montaña sen deixar de ollar para o ceo. Xa pasaron algúns días e aínda non se lembrou de comer nin de durmir. Só lle preocupa andar e non perder a dirección pola que marchou a nube verde. Alberga a esperanza de que Pouco poida fuxir, se cadra fuxira e caera nas pólas dalgunha daquelas árbores. Lina estira o pescozo para ollar nelas, mais non hai ninguén e segue camiñando.

Sen saber como escoitou a música dun baile. Soñaba ou lembraba? Non sei. Era a música daquel baile en que ela e Pouco namoraran. Ela estaba coas súas amigas e Pouco achegouse sorrindo. Non era moi alto, nin moi forte; mellor, a ela non lle agradaban os mozos membrudos de máis. Os seus ollos tamén rían. Cun xesto da man invitouna a bailar. Ela aceptou. Ata o día seguinte non soubo que Pouco era mudo. Sorprendeuse moito, xuraría que aquela noite se contaran miles de cousas.

Agora Pouco fáltalle, mais vai por el.

Capítulo 28
Leccións para Propicius

Hedión mentíralle a dona Numerosa. Nin Propicio sabía nada do oficio de sepultureiro, nin el tiña tuba propia coa que tocar na banda Municipal. Así pois, o día seguinte ao seu nomeamento, Hedión tratou de resolver ambas as cuestións.

O primeiro que fixo aquela mañá foi enviar por correo unha carta urxente á tenda de instrumentos da capital da provincia, encargando a mellor tuba das que tiñan, e incluíndo no sobre diñeiro dabondo para o caso.

Logo dispúxose a adestrar ao seu fillo Propicio, ao que prefería chamar Propicius, en todo o que un Emperador Sombrizo tiña que dominar. Propicio debía aprender a importancia da imaxe, do silencio, da estética, e do saber estar. Mesmo arelaba inicialo na práctica do Ricto, e que esta se transformase nunha tradición familiar dos Comesaña.

Con tal intención practicou diante do espello, consciente de que era o seu deber deixarnos unha inesquecible escena de transmisión interxeracional de coñecemento. Cando estivo listo, dirixiuse inaudible ao cuarto do neno para espertalo, mais Propicio non estaba. Iso si, o dormitorio estaba primoroso, limpo e perfecto; e o dilixente rapaz xa acudira puntual ao seu primeiro día de traballo.

Hedión mirou o reloxo. Era case o mediodía.

Capítulo 29
PRIMEIRO DÍA DE TRABALLO DE PROPICIO

Xa sabedes que Propicio, que saíra á súa nai, non sentía atracción ningunha polo cemiterio nin por nada que tivese que ver co seu pai. Con todo, había un aspecto da súa nova situación que o atraía fortemente: deixar a escola. Non era que o pasase mal facendo primaria, senón que a idea de asumir unha responsabilidade municipal propia dun adulto lle parecía irrexeitable. Certo, el ben o sabía, xa non era un neno co nariz cheo de mocos, tiña as súas propias ideas e o seu xeito de entender as cousas. Estaba listo para calquera reto que o destino lle plantase de diante. Así que aquel día ergueuse cedo, arranxou a casa e acudiu ao seu posto de traballo ilusionado e con moitas ganas de facelo ben.

O primeiro que Propicio constatou ao chegar ao cemiterio foi que aquilo necesitaba unha boa limpeza.

—Vaia cortello! Non me estraña que a xente non queira vir por aquí!

O que para o seu pai era o summum da escenografía do terror, para o fillo era unha auténtica porcallada, e a posibilidade de horas de gozosa tarefa hixienizadora. Había moito que facer: xardinería, algo de bricolaxe, desinsectación, pasar a mopa, o pano.

—Canto antes empece, mellor!

Animouse, e foi ata a billa para encher o cubo, sabendo que, por moi duro que fose o traballo non estrañaría a escola nin un só segundo.

Capítulo 30
UN NOVO ALUMNO

A incorporación de Propicio ao seu novo traballo deixou un pupitre baleiro na súa clase. Non hai problema, unha mesa e unha cadeira que van para o almacén e punto. Pois non, dábase o caso de que había un veciño de Nil que ano tras ano solicitaba o seu ingreso na escola municipal, e ano tras ano era rexeitado coa escusa de que non había prazas.

Isaías, que así se chamaba, estrañábase de que o único rexeitado cada ano fose el, e sospeitaba que tanto celo na adxudicación das prazas ocultaba a intención da dirección do colexio de frear o seu acceso ao ensino público. É dicir, querían impedir que un cocho fixese Primaria.

Certo, Isaías era un cocho, un porco grande e cebado que soñaba con ter unha educación que lle permitise morrer de vello. Isaías que, como todos os cochos, sabía que máis cedo ou máis tarde acabaría na pota do cocido, entendeu dende moi novo que a súa única posibilidade de chegar a vello era aprender matemáticas e literatura. Opinaba, e con moita razón, que ningún home mataría un marrán capaz de dividir con decimais ou de recitar a Rosalía. E con tal desexo solicitaba inutilmente praza cada ano na escola Municipal.

Ata que na vila enteira se soubo do abandono escolar de Propicio. Ese mesmo día presentouse na escola alegando que era o primeiro e único nome na lista de espera. A dirección non atopou argumento ningún con que rexeitalo outra volta. E así foi como Isaías pasou de ser un porco sentenciado a novo alumno de primaria na Escola Municipal de Nil.

Mentres isto pasaba, na granxa de Ariosto un can chamado Romero ollaba ao agora baleiro cortello de Isaías rosmando:

—Como pode alguén ser tan necio! A quen se lle ocorre deixar unha vida así para aprender catro parvadas!

Capítulo 31

O ANIVERSARIO

PLOF! A cabeza de Pouco bateu contra algo e espertou.

—Onde estou?

A escuridade era total. Pouco sentiuse mergullado nalgún líquido, abrazado á tuba, e batendo contra as paredes do que semellaba unha caixa grande en movemento.

Daquela que ocorreu, e onde está Lina? Pouco comeza a lembrar, o ensaio no pradiño, a enleada coa roupa na tuba, as risas, a escuridade no ceo, e aquela nube xeada que os cubrira de súpeto. Non lembra máis.

A caixa detívose. Pouco sente como lazos que rachan, movemento, unllas rañando no exterior da caixa. Unha esquiniña de luz e logo abraio cegador. Aplausos, berros de bravo, alguén o colle, maréano, el non pode abrir os ollos, logo parece que o pousan defi-

nitivamente nun sitio, silencio, e unha voz profunda di:

—Que? Que tal me senta?

E outra volta aplausos, máis algunha frase:

—Estás moi ben, papá!

—Está moi guapo, maxestade!

Logo comezou a soar unha estraña música festeira. Pouco abriu os ollos.

Unha multitude de peixes e similares miraba para el rindo, brindando e xantando empanada voltos do revés. Deseguido, decatouse de que o que estaba boca abaixo era el, na cabeza dun fulano que puxo a tuba de sombreiro!

Capítulo 32
Vaia agasallo!

Antes de facer o que finalmente fixo, Pouco preguntouse:

—Estou vivo no fondo do mar? E logo como non afoguei?

E respondeuse:

—Semella que respirei pola tuba! Seica o instrumento gardou no seu interior aire dabondo para emprestarme!

Logo decidiu:

—Só teño un xeito de intervir nesta situación!

Daquela encheu amodo os pulmóns co aire que lle proporcionaba a tuba e soprou con todas as súas forzas.

—POU!!!

O rei, que tiña a cabeza dentro da tuba, sentiu coma se lle esmagaran o cerebro cun martelo. Berrou cun berro tal que provocou un maremoto que azotou as costas durante tres días. Logo sacou a tuba e guindouna tan lonxe das súas orellas como lle foi posible.

A raíña Donalbai, a princesa Neda, o príncipe Mercurín, e o pobo todo alí congregado fitaban con estupefacción aquel maldito instrumento sucando o fondo submarino ata perderse na inmensidade. E Pouco, mentres voaba cinguido na tuba, pensaba:

E Lina? Estará ben?

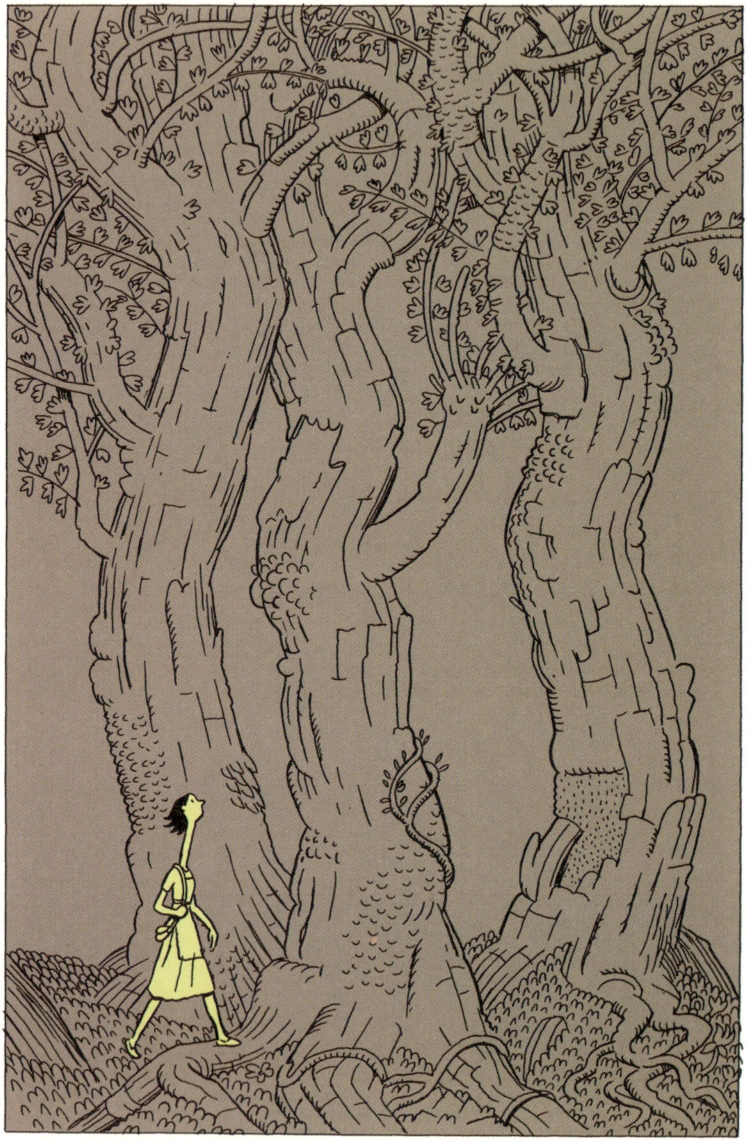

Capítulo 33

A TIRITA

Lina camiña recto. Deixou atrás as montañas e agora atravesa unha mesta fraga de árbores tan vellas coma o mundo. Lina non o sabe, mais ese bosque é coñecido como «O Ancián». Tanta ramallada non lle deixa ver ben e Lina ten que estirar o pescozo para non perder de vista o recanto de ceo polo que marchou a nube. Non come, non bebe, só avanza recto.

Non quere pensar en nada malo. Unicamente en chegar ao mar e dar con Pouco, e que estea san e salvo. Se o atopase mancado tería que cubrirlle o corpo con tiritas. Noite pecha.

El riría co das tiritas. Ela tamén case ri porque lembra. Era un mércores en plena Guerra do Leito Seco. A Pouco ferírano gravemente nun brazo e os médicos envolvéronllo nunha avultada venda dende a punta dos dedos ata o ombreiro. De camino á casa Pouco parou nunha farmacia e mercou a tirita máis pequena do establecemento, e púxoa no dedo gordo da outra man. Entrou na casa queixándose amargamente da ferida da tirita e maldicindo a guerra.

E iso outro? Preguntoulle Lina sinalando o brazo vendado. Pouco quitoulle importancia respondendo na súa fala de xestos:

—Non é nada! Corteime coa folla dun libro mentres esperaba a miña quenda de ataque. Non volvo ler na miña vida, xúrocho!

Pasou a noite, amanece, Lina estira o pescozo, a luz dálle pulos para seguir cara ao mar.

Capítulo 34
HEDIÓN XA TEN TUBA

Hai horas que amenceu e Hedión aínda dorme. Sempre foi un dormiñoco mais procura que non se saiba, prexudicaría a súa imaxe de Barón das Tebras. Soa o timbre:

—DIN DONG!

Hedión espertou, agardaba algo. A carteira Quindimil viña cargada cun gran paquete.

—Elpidio Comesaña?

—Aquí é –respondeu Hedión sen despegar os beizos.

Un anaco despois xa estaba na sala coa súa nova tuba nas mans. Era impoñente, magnífica. Tiña ese aquel arístocrático de saberse a máis cara da tenda. Hedión tocou:

—Prrrfff!

O son agradoulle, era evidente que precisaba algún ensaio; con todo, xulgouse con indulxencia dicindo:

—Ou, Hedión, Intérprete do Alén, igual que o vivo nace para o pozo, así naceu vostede para a tuba!

Mais a ventá estaba aberta e o son marchou por ela voando errático polas rúas de Nil ata que deu coas orellas de Parsi Vázquez, a Xenerala, que casualmente pasaba por alí. Penetrou nelas e baixoulle ata o estómago, onde soou ata extinguirse.

Parsi Vázquez nunca foi muller feble, todo o contrario. É famosa pola súa afouteza. Durante os primeiros días da guerra ela soa atacou ao inimigo armada unicamente cun mollo de grelos, e venceu. Dende entón déronlle o mando dun batallón e alcumárona *A Xenerala*. Dela tamén se conta que fixo a guerra enteira sen coller unha soa catarreira. Así e todo, logo de escoitar aquel desagradable son treméronlle as pernas, ficou aloulada e foi para a casa con moi mala cara.

Estivo encamada con gastroenterite aguda, é dicir, cagarrela das boas, durante unha semana. O médico non soubo sinalarlle a causa.

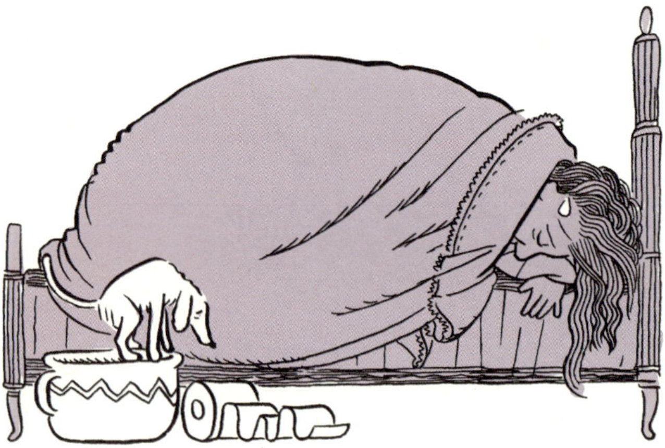

Capítulo 35

Propicio ten as súas propias ideas

—Imos ver, en que consiste un cemiterio? —dicíase Propicio mentres eliminaba arañeiras aquí e acolá.

Xa levaba varios días limpando e reflexionando sobre o novo rumbo que lle daría ao camposanto. Limpar prestáballe, era un sacrificio que decontado daba os seus froitos. En canto enderezou algunha lápida, pasou o pano, fixo bailar a vasoira, podou, e regou, aquilo transformouse por completo. Converteuse nun fermoso xardín, nun parque luminoso e baleiro que ninguén aproveitaría. Mágoa!

—Non pode ser. Isto está moi mal organizado. Non é xusto. Para que telo tan bonito se os seus lexítimos habitantes están baixo terra?

Para Propicio aquilo non estaba ben. Non entendía qué facía aquela xente toda baixo terra tendo un parque coma aquel para eles sós. Dende logo, antes, tal e como o tiña o pai, era lóxico que non quixeran nin asomarse mais agora, e coa chegada da primavera, era algo intolerable. Así que decidiu desenterralos a todos.

Xa sabemos que Propicio saíra á súa nai no da limpeza e no desprezo ao peculiar xeito de entender o mundo do seu pai. Mais agora manifestábase nel unha nova herdanza materna. Como ben sabedes, Graziella, que así se chamaba, era Arqueóloga Máxima Mundial. Percorría o mundo facendo buratos e sacando para fóra cousas soterradas hai séculos ou milenios. Propicio, mentres collía a pa no rocho das ferramentas, non pensaba niso, só quería darlle un pouco de sentidiño a aquel cemiterio desgobernado.

Afundiu a pa na terra e comezou cavar. Ao lonxe un can ouveou.

Agora si que vai mudar o camposanto.

Capítulo 36
O can Romero

Ouveaba Romero o can, maldicindo a súa sorte e xuntando azos para tomar unha decisión transgresora.

Era o mellor can pastor de todo Nil. Sacaba as chibas e as ovellas do curro, conducíaas polo monte ata os mellores pastos, vixiábaas namentres xantaban a recendente herba, e ao remate do día levábaas de novo ao curro, sas, salvas, e ben comidas.

O can Romero xamais perdera unha ovella. Os seus ladridos eran ordes escuetas que resoaban por toda a contorna. Sinais sonoros que agrupaban o rabaño, ao tempo que informaban ás bestas do bosque e das covas da imposibilidade de apañar un carneiriño para a cea.

O can Romero era un exemplo para todos os cans da bisbarra, mais non era feliz. O que a el lle gustaría de verdade sería vivir coma un porco. Non aturaba coidar das ovellas nin ladrarlles ás cabuxas rezagadas. Quería comer, engordar e remexerse na merda ata que lle chegase a súa hora.

Por iso, agora que, incomprensiblemente para el, o cocho Isaías abandonara o cortello para facer Primaria, non podía sacar da súa cachola a idea de deixalo todo e ocupar o posto do marrán.

—Estou decidido, acabouse! –exclamou, e baixou do monte correndo coma un lóstrego, deixando atrás o rabaño, sentindo o vento no fociño, case voando ata mergullarse na lama que tapizaba a ex-corte de Isaías.

—Xa o fixeches, Romero –díxose–, por fin vas ser quen queres ser.

Entrementres, Tove Trobo, o xoieiro da vila, paseando polo carreiro do monte deu de cheo co indefenso rabaño. Decontado recoñeceu as ovellas do seu amigo Ariosto e estrañouse de non atopar canda elas o famoso can Romero.

—Se pasa por aquí o lobo pápaas todas!

E ficou vixiándoas ata que chegase alguén que se fixese cargo delas.

Capítulo 37
O XIMNASIO ABANDONADO

Antes de empezar o discurso, don Torsón acariñou os seus xemelgos da sorte. Foran un agasallo da súa dona nas vodas de ouro. Encargárallos a Tove Trobo, o máis reputado xoieiro da vila, e representaban dúas claves de sol sobre un fondo vexetal. Precisaba do seu feitizo ventureiro, xa que tiña a misión de transformar en músicos aos ex-combatentes da guerra do Leito Seco.

O lugar elixido fora o antigo Ximnasio Municipal, daquela en desuso. Aquelas magníficas instalacións deportivas pecharan por mor da preferencia dos nilenses polos pequenos ximnasios que xurdían en cada rúa da vila. Ou foi que eses pequenos ximnasios comezaron a xurdir o día en que o concello decidiu pechar o gran Ximnasio Municipal? Non o lembro, seica non son un deses narradores que o sabe absolutamente todo da súa historia. Xa me informarei.

—Queridos ex-loitadores, benvidos á banda municipal! A partir deste intre trataremos de facer música.

Con estas sinxelas palabras deuse por constituída a banda. Deseguido don Torsón pediulles aos instrumentistas que un a un fixesen o que puidesen con cadanseu instrumento a modo de avaliación previa.

Don Torsón aturaba cada unha das intervencións dos futuros músicos impertérrito e, segundo avanzaba o exame, constataba que faría falla moito estudo, moito ensaio, e moito aloumiño aos seus xemelgos da sorte para acadar o obxectivo; mais non era imposible. Aínda non chegara a quenda de Hedión.

Hedión foi quen de botar tres sons coa súa aristocrática tuba. O primeiro enleóuselle no pelo a Angus Santigoso, o guitarrista de abondosas guedellas. Nunha semana ficou calvo. O segundo metéuselle nun ollo a Gador Bascoi, a trompetista, e saíulle polo outro. Dende entón sofre mestas cataratas. E, finalmente, o terceiro ascendeu ata o teito para logo derramarse sobre a sección rítmica. Queredes saber que foi deles? Perderon os dentes, medroulles chepa e non volveron a conciliar o sono endexamais.

—Detente, polo que máis queiras! –berrou don Torsón. Certo que hai quen non naceu para a música, mais nunca na súa vida escoitara nada semellante. Aínda por riba, un cheiro noxento chegado da rúa fixo irrespirable o aire no interior do Ximnasio Municipal. Houbo que suspender os ensaios.

Capítulo 38
TODOS A FÓRA

Propicio non era parvo, sabía que se a un lle dá por desenterrar mortos pode atopar algunha que outra sensación desagradable, por exemplo, o cheiro. Cheiran algo forte, certo, mais calquera, e nós mesmos, se estivésemos tanto tempo sen lavar, habiamos cheirar igual. Non é para tanto.

Por outra banda, é condición aceptada de toda limpeza fonda pasar por algún que outro mal trago. Calquera amante da hixiene e da orde ten conta diso e asúmeo con deportividade.

Así e todo, Propicio comprendía que a cidadanía nilense abominase da repugnante brétema lila que dende o camposanto teimaba por estenderse sobre a vila enteira. Con tal motivo redactou a seguinte nota e pegouna cara á rúa no pesado portalón.

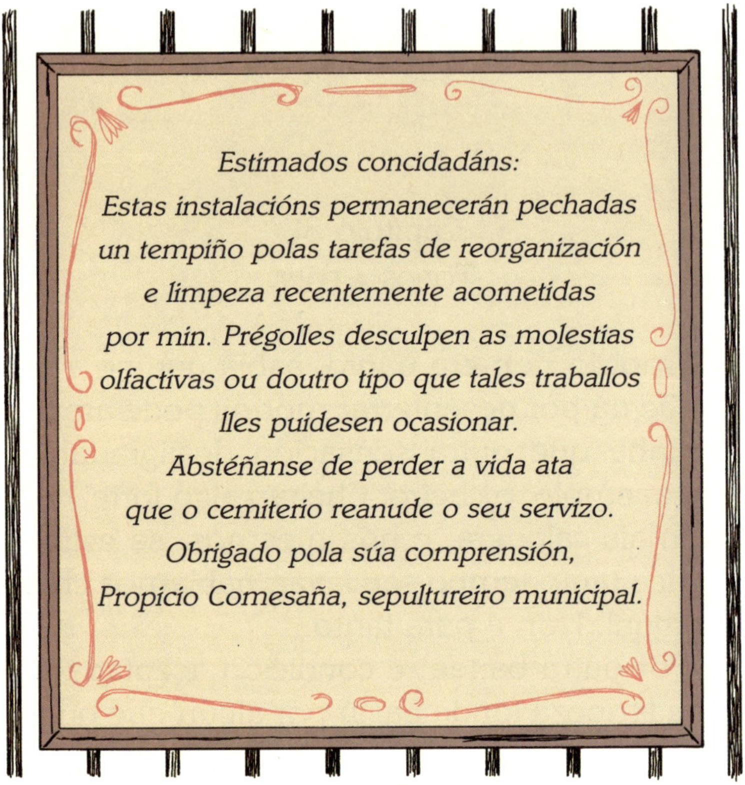

Cando tiña a todos os finados sobre a terra, pasou ao capítulo do aseo persoal, moito máis agradecido. Bañou e perfumou cada defunto e o mesmo fixo coas súas roupas, ás que tamén lles pasou o ferro. O labor foi grande, mais non era Propicio deses que recea do traballo.

Aos poucos días xa eran patentes os resultados, e os primeiros defuntos impolutos comezaron a aparecer sentados nos bancos do xardín. A brétema lila disipouse e o sol fermoseaba cada recuncho do camposanto.

—Só lles falta falar –cavilaba Propicio ao velos alí sentados vestidos de domingo.

Capítulo 39

O VAL DAS NOVE FONTES

O canario Chals cantaba na compaña de medio cento dos seus conxéneres cando a cabeza dunha moza bateu contra a súa póla.

—Amodo! Vaise mancar!

A cabeza semellaba aturdida; así e todo, reanudou a marcha sen deixar de estirar o pescozo escudriñando o ceo. En canto se lle afastou un cacho, o canario Chals descubriu abraiado aquilo do que non se decatara malia o feito inusual de que unha cabeza humana circulase a tal altura polo Val das Nove Fontes, que era como chamaban ao lugar. A cabeza viña provista dun pescozo desacostumadamente delongado despois do cal, a varios metros por debaixo, podía adiviñarse un corpo de moza camiñando teimuda.

—Muller, acougue un momento!

Lina detívose e preguntou:

—Desculpe, vou ben para o mar?

—Perfectamente, é todo recto. Precisamente nós vimos de alí. Quere que lle cante a nosa historia?

O canario Chals tomou por asentimento o silencio de Lina, preparou a gorxa e con fermosos trinos encomezou a narrarlle o conto daquel cento de paxaros:

—Non se preguntou que fan no Bosque das Nove Fontes un cento de canarios oriúndos do continente sur? Hai meses, eu e os meus compañeiros viviamos felices na Selva dos Recendos, ata que caímos nas redes duns homes que...

A aquel paxaro nunca antes lle ocorrera o que deseguido lle ocorreu. A súa interlocutora dirixiu unha ollada cara ao ceo, ao recuncho polo que fuxira unha enorme nube verde. Deu a media volta e, sen mediar palabra, marchou.

En toda a súa vida recibira Chals desplante igual. Endexamais ninguén aldraxara con tanta ruindade a un canario cantor da selva dos Recendos. Logo daquilo, caeu nunha depresión que lle raspou as cordas vocais e roncoulle o ton para o resto da súa vida.

Lina non come, nin dorme, só persiste na andarela, en liña recta, co pescozo estendido cara ao ceo, mais camiño do mar.

Capítulo 40
Contra o abatemento

O papel de Pouco como agasallo de aniversario fora un fracaso. Despois da tronada da tuba nos seus miolos, Pindo IV O Tratable ficou xordo e non volveu a escoitar as voces da raíña Donalbai, nin dos seus fillos Neda e Mercurín. Tal circunstancia acedoulle o carácter provocando que dende aquel día fose coñecido como Pindo IV O Túzaro, e así ficou por sempre nomeado nos libros de historia.

O incidente, á súa vez, fora a orixe dunha das máis curiosas tradicións submariñas: o lanzamento de agasallo, consistente en que logo de abrir o agasallo recibido e botarlle un ollo, o homenaxeado debe pegar un bramido estratosférico e guindalo canto máis lonxe mellor. Daquela deron coa ritualización máis exacta do concepto comunmente aceptado de que, en cuestión de agasallos, o que conta é a intención. Como xa dixera no seu día un parente do gato Kandás:

Cousa fea de agasallo!
Habería que queimalo!
...se non viñera de parte
dos teus ollos, Luz de Maio.

Logo do lanzamento, Pouco e a tuba aterraron nun extenso cráter abisal poboado de algas espiñentas, algo así coma unha descomunal toxeira oceánica. El atopábase ben, e estaba decidido a non caer no abatemento. Á fin adquirira o poder de respirar baixo a auga mercé a unha tuba milagreira. Deu en pensar que se houbese por alí un escritor podería coller o seu caso, esaxeralo un chisco e inventar unha novela de aventuras ben xeitosa.

—Que sei eu –matinaba Pouco–, algo como que a sección de metal dunha filharmónica sobrevivise a un naufraxio alentando polos seus instrumentos e deambulando polo solo mariño na procura de terra seca. Aínda que o da trompeta collería menos aire, e o do frautín. Ambos os dous morrerían polo camiño, non como o gaiteiro, que tiña reservas dabondo, aínda que co fol mollado non sei se resistiría... E non aboiarían? E levan gaitas as filharmónicas? Puf!, que difícil facer que todo cadre! Non como aquí e agora. Isto é realidade, aquí as cousas xa veñen cadradas e se non tanto ten, non hai outra! Se polo menos atopase unha perliña nunha ostra!

Capítulo 41

O xoieiro Tove Trobo

Tove Trobo sentou no pradiño ollando en fite para as ovellas e as cabuxas desamparadas polo can Romero.

—Seica o Romero toleou! –pensaba– e agora quedei eu de can!

O xoieiro ensaiou un ladrido, seco e escueto.

—Ruau!

As ovellas, algo estrañadas, fixeron por dispersárense, mais o home botouse coma un raio a correr arredor súa ladrando e ouveando ata que as reuniu novamente nun manso grupiño.

—Vaia! Ben feito! –berroulles Ariosto que, logo de tentar durante horas que o seu can depuxese a súa cocha actitude, achegábase amolado de máis polo carreiro do monte.

—O día que queiras deixar a xoiería e cambiar de choio, contrátote de can!

Acotío sucede que un non é consciente do tentadora que lle pode parecer unha oferta ata que lla fan. Podiamos dicir que a brincadeira de Ariosto, no canto de coller a verea natural das brincadeiras, facer unhas risas e desaparecer, tomou por erro o rego das propostas analizadas a conciencia, e como tal foi sopesada por Tove Trobo, que respondeu:

—Pois se queres, falamos do tema agora mesmo.

Falaron e axiña acadaron o acordo, non hai problema se as mentes están abertas e existe «vontade política por ambas as dúas partes», seguro que escoitastes en algures o retrouso.

Así que, naquel mesmo intre, Tove Trobo comezou a traballar de can pastor. Levou o rabaño ata o seu curro, sen perder unha soa ovella, e alí as deixou ben gardadiñas a pasar a noite. Despois enfilou para a casa a explicarlle á súa dona os felices cambios que aconteceran na súa vida aquel serán. E mentres paseaba, pensaba:

—A quen podería eu deixar encargado da xoiería?

Tilia Cunqueiro, a súa curmá, que é panadeira, sempre lle chamou a atención pola delicadeza con que chantaba as froitas confeitadas no roscón, coma se fosen pedras preciosas. Nas súas mans as cereixas pasaban por rubís. Daría unha excelente xoieira.

Capítulo 42
Ollos de crema

Tilia Cunqueiro aceptou. Non tiña gana ningunha de facerse xoieira, mais así e todo aceptou. Foi a crema dos seus ollos, foi a ilusión mergullando en chocolate cada unha das súas frases cando lle explicaba o que sentía ladrándolles ás cabuxas de Ariosto. Moitos anos atrás, de cativos, Tilia xa observara no seu curmán aqueles mesmos ollos de crema. Déranse o bico xogando a darse bicos. Xa xogaran moitas veces a darse bicos, mais nunca os beizos dun rozaran os da outra. Fora tan doce que pasaran o resto das vacacións catando promesas mergulladas en chocolate.

Daquela non foi quen de rexeitar o seu ofrecemento.

—Non estou mal de panadeira, mais veña, vale.

Aínda que o negocio fora un chisco a menos durante o tempiño en que a Propicio lle deu por reorganizar o camposanto, unha vez que a cheirenta brétema lila marchara, a clientela volveu encher o local tanto, outra volta, que Tilia xa lle comentara ao seu mozo Dino Soneira a necesidade de que lle botase unha man no obradoiro. O home amosárase disposto. Se cadra agora no lle importará deixar o seu posto fixo de albanel municipal para encargarse da panadería toda.

Capítulo 43
SÓ LLES FALTA FALAR

Propicio sentara aos defuntos en bancos e cadeiras encartables por toda a superficie do seu cemiterio. Fixera a bogada e tendera a súa roupa en cordas tensadas de cruz en cruz e agora lucían pulcras vestimentas sen unha engurra. A primavera estaba en todo o seu esplendor.

—Por que non falarán? Seguramente a falta de costume, ou secóuselles a gorxa, ou aínda están afacendose á súa nova situación. Ou se cadra é porque non lles preguntan.

De todas as hipóteses foi esta última a que xulgou Propicio máis probable, así que preguntou en alta voz, coma un mestre que se dirixise á clase:

—E que, como vos vai a vida?

Non tardou en caer na conta de que non atinara coa cuestión formulada. Axiña rectificou:

—Quero dicir... que opinades do novo aspecto do cemiterio?

Non houbo resposta. Pode que aqueles finados perdesen o don da fala, ou que non tivesen opinión formada sobre o particular, ou que fosen tímidos e ningún deles se atrevese a rachar o xeo. Unha vez máis foi a derradeira hipótese a que convenceu a Propicio. Sentíase identificado.

—Eu son coma vós, cuspidiño, non me gusta nada falar en público. Non hai présa, xa iredes collendo confianza –concluía o rapaz observando compracido o resultado de tanto traballo. En poucas semanas conseguira darlle a volta ao feito polo seu pai durante anos de «emperador sombrizo». A súa nai estaría orgullosa.

Capítulo 44
O SENTIMENTO ARTÍSTICO ENFRÓNTASE Á INCOMPRESIÓN

A totalidade dos integrantes da recentemente creada Banda Municipal de Nil achegaron a don Torsón un documento cuxo texto dicía así:

Prezado don Torsón, excelentísimo e dilecto director:

Rogámoslle, por causa de forza maior relacionada coa saúde do noso coletivo, permita que o compañeiro don Hedión, tuba titular, adquira a necesaria competencia musical co seu instrumento recluído no soto-almacén do edificio do Ximnasio Municipal. Recomendamos asemade a utilización de colchonetas e outros obxectos alí conservados como material insonorizador, co fin de erguer unha barreira infranqueable entre o mundo exterior e o local de ensaio do devandito compañeiro.

Agradecidos de antemán.

E seguían as sinaturas de todos eles, agás a do afectado principal. Ata o propio don Torsón agarrou a estilográfica asinando apresuradamente ao final da folla. Todos aqueles homes e mulleres sorriron aliviados e ningún deles tivo a mínima dúbida ética sobre a bondade de marxinar un colega nun caso coma aquel.

Hedión acatou, indiferente ante calquera dificultade, enchido pola ledicia intelectual e espiritual que lle proporcionaba a senda artística, e baixou ao soto, descendendo polas acarunchadas escaleiras, apartando do seu camiño sogas murchas, potros eivados e balóns medicinais, e dicíndose:

—Ou, Hedión, disciplinado alumno na procura do seu son, vese vostede afastado por unha sociedade intolerante perante a diferenza, implacable co imperfecto. Agradeza vostede o agasallo e purifique a súa alma nesta cela edificada cos perpiaños da incomprensión.

Mais antes de encomezar a purificar a súa alma, Hedión amoreou tres ou catro vellas colchonetas e botou unha soneca de media mañá.

Capítulo 45
O soño de Lina

Entrementres, Lina non para. Hai moito que o seu pescozo superou as copas das árbores, mesmo algunhas montañas baixiñas; así e todo, non deixa de alongarse pola insistencia da teimuda rapaza en fitar para o recuncho do ceo polo que lle levaron a Pouco, para non perder o seu rastro, para non esquecer quen llo quitou.

Sen se deter, e sen acusar as magoaduras de tanto avanzar, sen botar un ollo ao chan seco do Deserto Anubrado, soña. Está na sala da súa casa chimpando. Chimpos cada vez máis altos coa idea de dar coa cabeza no teito. No seguinte chimpo fica a un anaco del. E no seguinte, no lugar do teito está a noite. E segue chimpando e segue subindo. Ata unha capa de nubes que atravesa e na que se pousa. Camiña por ela e atopa as cabezas de varias xirafas cuxos pescozos se perden baixo o manto de nubes. Estas nubes, dinlle, son quentiñas coma a cama dunha nai, déitate e descansa, xa fixeches dabondo, mesmo podes morrer se queres, pois cando unha xirafa morre aínda avanza un cacho máis. Ela comeza a pechar os ollos, mais a nube devén fría e verde, e dentro dela un Pouco pequeniño coa boca pechada por unha tirita dille con voz de tuba: Non volvo a saír da casa sen paraugas!

E Lina ri e coa risa esperta. Aínda segue camiñando entre a noite e segue estirando o pescozo, buscando, sen durmir, sen comer, mais rindo e lembrando a Pouco.

Capítulo 46

Os ventos cambiantes descolocantes

No fondo do mar prodúcense os chamados Ventos Cambiantes Descolocantes, coñecidos polas siglas VCD. Os VCD, como o seu nome indica, son unhas correntes ás refoladas que nunca veñen do mesmo lado e que o mudan todo ao teu redor. Ignórase se é que as correntes te transportan en cuestión de segundos a outro sitio, ou é que ti ficas inmóbil mentres levan a paisaxe na que te atopas poñendo outra no seu lugar. Para o caso tanto ten, pois o resultado final é idéntico.

Pouco levaba un tempo na toxeira abisal tratando de cadrar as diferentes partes da historia do naufraxio da filharmónica cando tivo a súa primeira experienca cos VCD. Todo se esfumou, perdéronse as formas das cousas e nun pispás a nitidez retornou, mais o que vía agora non era o que vira antes.

Diante dos seus ollos plantábanse dous exércitos infinitos un fronte ao outro. Semellaba a piques de encomezar a batalla meirande da historia.

Capítulo 47
DINO SONEIRA DIMITE

Dino Soneira presentouse diante de dona Numerosa, xefa súa ademais de alcaldesa, e dixo así:

—Presento a miña renuncia como albanel municipal, xa que a partir de agora me encargarei da panadería da miña moza Tilia, pois ela será a nova xoieira, posto que don Tove Trobo se fixo can pastor das ovellas de don Ariosto porque o can, Romero se chama, decidiu facer vida de cocho vendo que este marchaba para o cole a estudar Primaria na praza baleira que propiciou Propicio o día en que vostede o nomeou novo encargado do cemiterio en substitución do seu pai Hedión, o cal é agora novo tuba da banda para gran risco da saúde de todos nós, que xa andou ameazada cando ao fillo lle deu por desente-

rrar os mortos todos, cubrindo media vila cunha néboa lila envelenada que finalmente se disipou, estando agora os finados que dá gusto velos de limpos e lustrosos, tanto é así que existe na vila grande expectación agardando polo día en que ese neno abra o cemiterio e nos presente as audaces reformas que na súa organización fixo, disque saíu á nai.

Dona Numerosa, que nunca escoitara unha frase tan longa, ficou apampada nun primeiro momento, e non tivo reacción de ningún tipo ante relatorio tal. Despois, evolucionou turbada ata a caixa das carpetas novas do trinque, e extraendo unha dixo:

—Moi ben, propós algún candidato para te substituír?

—Sen dúbida o indicado é Froufe Lamas, o escritor de novelas, que disque lle interesa moito aprender a unir ladrillos co cemento xusto, e a levantar muriños que non caian, a abrir ventás e portas nos tellados, a empapelar cuartos escuros, e a alzar intricadas estruturas que resistan grandes edificios. Non sei, xa coñece a Froufe Lamas, se cadra fala en metáforas.

—Moi ben! Fica feito! Marche pola porta!

E xa estaba a piques de acometer o seu rutineiro abrepeche de caixóns arquivadores cando lle deu un aquel e tivo que sentar afogada por dúas preguntas. A primeira era...

—Pero que lle está pasando á miña vila?

E a segunda...

—Se o novelista se dedica a poñer ladrillos, quen inventará agora as historias?

Capítulo 48

ERA TAN CATIVO QUE AÍNDA NON LLE SAÍRAN OS DEDOS

Propicio non os culpaba. Quería pórse no seu lugar. Se el fose un morto tampouco racharía o seu silencio de décadas para contestar unha simple pregunta. Que ten unha pregunta despois de todo? Maiormente mala intención. As preguntas sempre queren descubrirte, sacarche algo, ou poñer de manifesto que non aprendiches a lección. As preguntas son para examinar. Son un ataque a traizón, cuxo fin non é nunca o que se pregunta. Sempre é outra cousa, sempre agochan unha intención oculta.

—Pídovos desculpas pola pregunta do outro día. Non o volverei facer.

Os seus inmaculados mortos atendíano en respectuoso silencio.

Ademais, unha pregunta é moi fácil de rexeitar. Ten que haber outro xeito de turrar das súas verbas ata traelas canda nós. O rapaz meditaba tentando atopar cales eran para el as frases máis irresistibles, aquelas que enganchen a súa resposta coa forza necesaria para traspasar a fronteira entre a vida e a morte.

—As frases encadeadas! –berrou–. Iso é!

Esta vez estaba seguro de atinar. Era o seu xogo preferido. De máis cativo xogaba moito coa súa nai na hora do baño ás palabras encadeadas, xa sabedes, hai que dicir unha palabra que empece coa sílaba coa que remata a dita por quen te precede. Mais as palabras quedáronlle curtas e inventou o das frases encadeadas, coa idea de dar máis pé á conversa. Ese xogo de encadear a última sílaba dunha frase coa primeira doutra era o mecanismo axeitado para traer a este mundo a voz dos finados. A cuestión estaba en transmitirlles ben aos cadáveres as regras do xogo, lembrándolles que mentres alguén continúe encadeando frases a partida non pode rematar. O resto faríano as palabras co seu ilimitado poder.

Propicio tomou o seu tempo para facelo. Tratou de vocalizar e demorarse na explicación para solventar de antemán calesquera dúbidas que puidesen xurdir. Ao remate proclamou:

—Empeza o xogo, velaí vai a miña primeira frase:

Era tan cativo
que aínda non lle saíran os dedos.

Capítulo 49
O QUE PASA DENTRO DA XENTE

Propicio esperou ata a noitiña, e nada, non houbo resposta. Para el a morte non era quen de frear a forza deste xogo, así que non entendía onde podía estar o fallo. Desenganado, saíu do cemiterio e foi para a casa durmir. Mais non podía, o fracaso espantáralle o sono.

Pasada a medianoite, o seu pai Hedión chegou á casa e atopou a Propicio cavilando na mesa da cociña. Sentou canda el e amosoulle unha nota que dicía:

Prezado don Hedión:
En vista de que un soto-almacén insonorizado con colchonetas non consegue manter os abominables sons da súa tuba lonxe do resto dos cidadáns, e de que o número de damnificados vai en aumento, vémonos na obriga de prohibirlle facer soar o seu instrumento dentro dos límites da nosa vila. Así mesmo, cominámolo a que busque e atope un lugar, preferiblemente deshabitado, para seguir cos seus estudos musicais a fin de adquirir canto antes as destrezas necesarias para empregar a tuba de acordo cos canons establecidos. A tal efecto recomendámoslle se instale no Pantano Onde Non Amanece. Alí non fará dano a ninguén.

Reciba un cordial saúdo
Dona Numerosa, alcaldesa
Don Torsón, director da banda

Como xa dixera un parente do gato Kandás:

Non hai nada máis sorprendente
que o que pasa dentro da xente

Propicio nunca o vira así. Nin rastro do Ricto. A expresión do seu pai era de absoluta e sincera consternación. A súas cellas eran a imaxe mesma da pena, e trementes liñas en relevo repetían na fronte a tristeira inclinación destas. Mesmo semellaba que algunha que outra bágoa desfixera en parte as olleiras azuladas do emperador sombrizo varrendo tamén a falsa palidez da súa pel. Hedión despegou os beizos e exclamou con toda a boca:

—Son un fracasado!

—Eu tamén o son, meu pai!

Respondeulle Propicio, e ambos abrazáronse e choraron amargamente, máis unidos do que nunca antes estiveran.

A varias rúas de alí escoitouse unha voz de terra:

d...dos de...fun...tos trraio no..vas

Mais ninguén sentiu o esgrevio salouco.

Ninguén agás a ex-carteira Quindimil, que deixara o seu posto en Correos para facerse novelista da vila xa que Froufe Lamas se fixera albanel municipal en substitución de Dino Soneira, que se volveu panadeiro. O caso é que a Quindimil non se lle ocorría nada para a súa primeira novela, e decidiu zanfonear na noite pecha polos arredores do cemiterio a ver se así xurdía a chispa. E deu coas chamas do inferno.

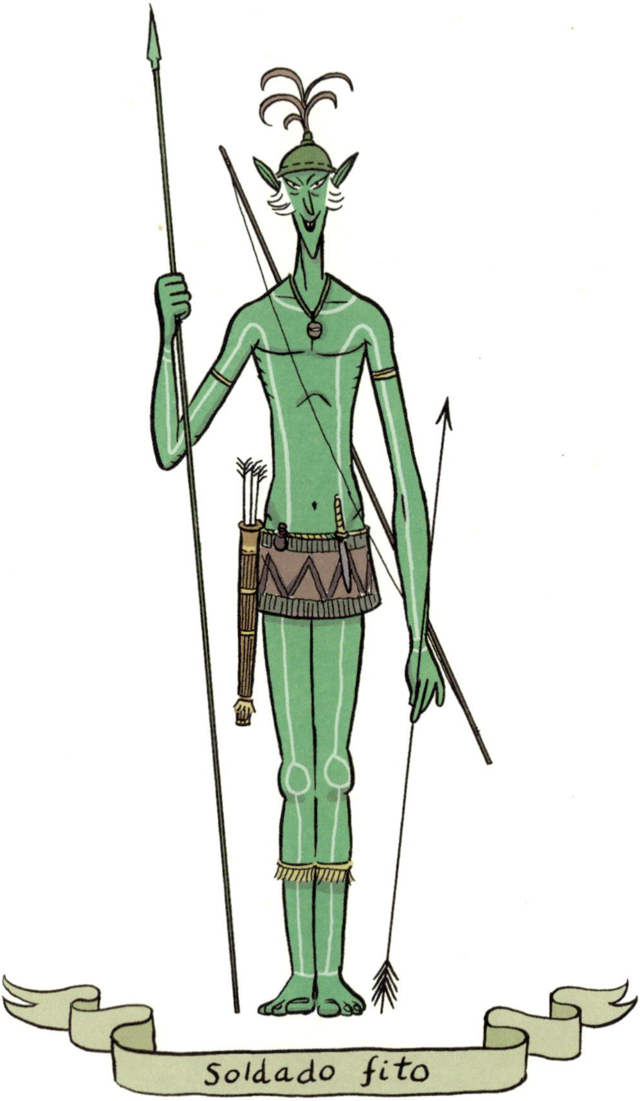
Soldado fito

Capítulo 50

A BATALLA MEIRANDE DA HISTORIA

Hai séculos que as dúas civilizacións se odian con paixón. Chegou a hora da batalla, o océano é pequeno de máis para dar cabida a tanta carraxe. Os Fitos e os Zoos pasaron os últimos vinte anos pertrechando os seus exércitos. Aquel día Pouco ía ser testemuña da batalla meirande da historia, a xulgar polo número dos contendentes.

Entre os miles de seres que poboan o mar, os que máis abundan son uns individuos microscópicos coñecidos como Planctos. Pois ben, existen dous tipos de Planctos: os Fitos e os Zoos. Os Fitos son xente diminuta de orixe vexetal cun desenvolvido instinto asasino e gusto polos velenos. Os Zoos son minúsculos animais sanguiñentos armados ata os dentes e carentes de calquera tipo de piedade. Ambas as dúas civilizacións citáronse no Val das Galiñas para exterminarse de vez.

—Á carga! Morte aos Fitos!

—Ao ataque! Morte aos Zoos!

E dúas interminables ringleiras de guerreiros, monstros acompañantes, máquinas mortíferas e xigantes adestrados lanzáronse unha contra a outra diante mesmo do nariz de Pouco.

De súpeto sopraron un par de Ventos Cambiantes Descolocantes forza dezasete ou dezaito e todo mudou. O noso amigo apareceu no medio e medio da inmensidade da Megalagoa Submariña, enleado na tuba tratando de asimilar a certeza de acharse preto do remate da súa existencia.

—Non hei tardar moito en morrer de fame e sede. O mellor será aproveitar o tempo. Son músico e penso deixar este mundo facendo o meu traballo. Non me queda outra!

E soprou a tuba amodo.

—Pou!

O son saíu nunha burbulla, coma vestido de mergullador, e perdeuse no espazo mariño empurrado por correntes invisibles.

—Pou, pou, pou!

Soldado zoo

Capítulo 51
A MORTE DE LINA

Lina vai devagariño, estira testana o pescozo, as pernas non lle teñen... Dá algún paso máis na Chaira Pedregosa, e cae.

A súa cabeza tardou en bater na terra. Antes de pechar os ollos botou unha bágoa por morrer sen dar salvado a Pouco. Unha bágoa de auga salgada.

Triste final para esta historia.

FIN DA SEGUNDA PARTE

Parte terceira

A morte, o mar, a praia

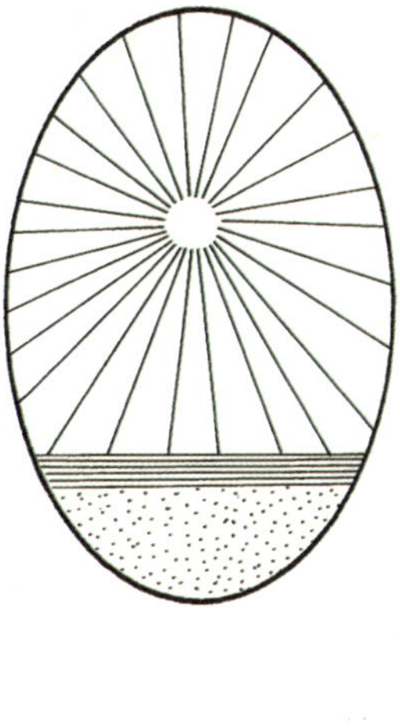

Capítulo 52
A MORTE

Xa vos dixen que seica non son un deses narradores que o sabe todo da súa historia, aínda por riba nun caso coma este, pois... Quen sabe o que pasa cando morres? Eu, polo menos, non. Así e todo, podo contarvos o que lle pasou a Lina.

Lina morría, certo, a súa cabeza bateu con forza na terra e o seu espírito comezou a irse a algures. A moza deixou de ver, deixou de alentar, deixou de sentir dor nas pernas, deixou de sentir fame, deixou de sentir aquel frío que empapaba as súas meixelas, deixou de pensar e, finalmente, deixou de oír os latexos do seu corazón, ou case, aínda tivo tempo de escoitar como se extinguían: pou... pou... pou...

¿Pou? ¿Como que pou? Certo que Lina adoraba a Pouco, mais o seu corazón nunca soou poupoupou. E Lina volve a sentir a fame e a dor das pernas. Pou, pou, pou, e volve a sentir aquel frío nas meixelas. Pou, pou, pou, e fai por respirar... máis a boca éncheselle de auga salgada!

—Puah!, Cof,cof!

Lina ergueuse e abriu os ollos.

Capítulo 53
O MAR

Lina, é dicir, a cabeza de Lina, estaba nunha praia inmensa e unha inmensa extensión de auga do mar abríase diante dela. Lina lembrou as palabras das xirafas do seu soño: «Cando unha xirafa morre, aínda avanza un cacho máis.» Se cadra referíase a iso, Lina morreu na Chaira Pedregosa, mais por mor do seu enorme pescozo a súa cabeza avanzou máis alá dos Montes Novos, e da Milleira do Consolo, e chegou á praia, a Praia Lourida, pretiño do mar.

E o mar, apiadándose dela, fíxolle os últimos metros do camiño. Podedes velo así ou que subiu a marea, como prefirades. O caso é que Lina caera en seco, na area, mais axiña a cubriu o mar e nel escoitou o inconfundible poupou da tuba de Pouco! Atopouno! Bravo!

Pasada a ledicia inicial, a rapaza decatouse do feble que estaba. Non tiña forzas nin para dar un paso máis. Lembrou entón as mazás douradas que lle dera o río Inrique. Unha para ela e outra para Pouco. Sacou a súa do bolso e papouna famenta. Logo escavou un burato no que guindou o carozo cubríndoo con area. O xantar devolveulle as forzas e o poupou da tuba multiplicoullas por mil. Agora estaba lista para mergullarse nas ondas!

Debido ao quilométrico pescozo que sacou da súa viaxe ata o mar, Lina daba pé fose cal fose a profundidade do océano, así que camiñou mar a fóra, metendo a cabeza de cando en vez para seguir a pista da tuba.

—Pou, Pou, Pouco!

—Aprendeu a dicir o nome! –berrou Lina.

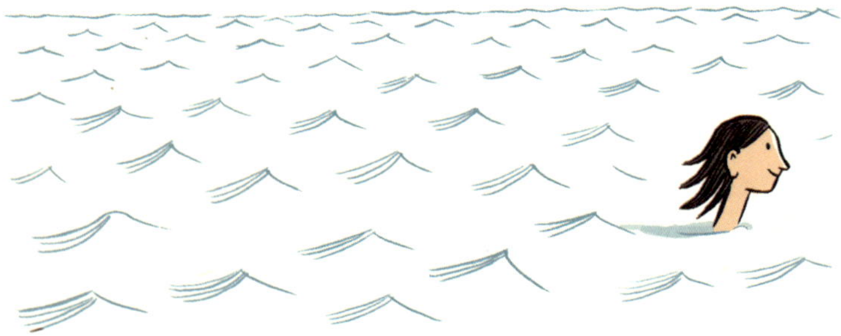

E o seu corpo atravesou por unha festa de aniversario na que un rei con cara de túzaro xantaba empanada cunha gaiola de paxaros na cabeza mentres o seu pobo aplaudía sen moito convencemento.

Lina seguiu camiñando, metendo a cabeza na auga, para escoitar os progresos de Pouco, e para orientarse co camiño que a achegaba cada vez máis a el. E atravesou unha terrible batalla, seica a meirande da historia, monstros e xigantes, máquinas mortíferas e exércitos incansables, millóns de minúsculos guerreiros matándose sen fin. Quen irá gañando?

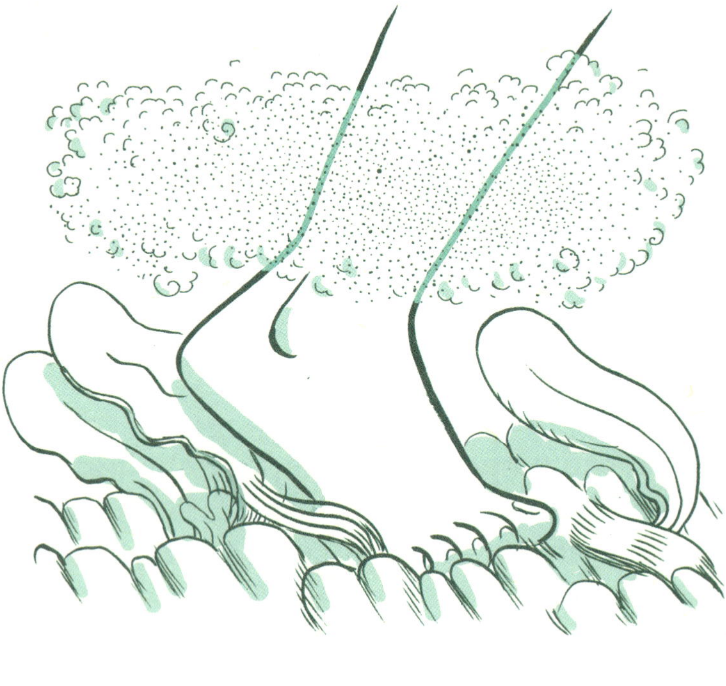

Logo de moitos días en que comprobou cómo Pouco tamén aprendera a dicir *casa*, *árbore*, *paxaro*, *cama*, e *sofá*, por fin detívose.

Pouco tocaba a tuba cos ollos pechos, Lina agardou paciente a que rematase a peza. Pouco rematou a abriu os ollos. Alí fronte a el estaba o corpo de Lina, ao seu carón, recoñeceuna axiña, case morre da ledicia. Logo chegou a cabeza co sorriso.

Pouco tivo que gabear por aquel infindo pescozo ata saír á superficie. Unha vez alí, baixo o inmenso ceo azul, separou os seus beizos da embocadura da súa tuba e deulle a Lina un bico. Despois colleu aire e volveu soprar pola tuba dicindo:

—Ola, Lina! Non terás algo de comer?

E Lina meteulle a mazá dourada na boca. Pouco papouna famento e o carozo caeu perdéndose no fondo do mar.

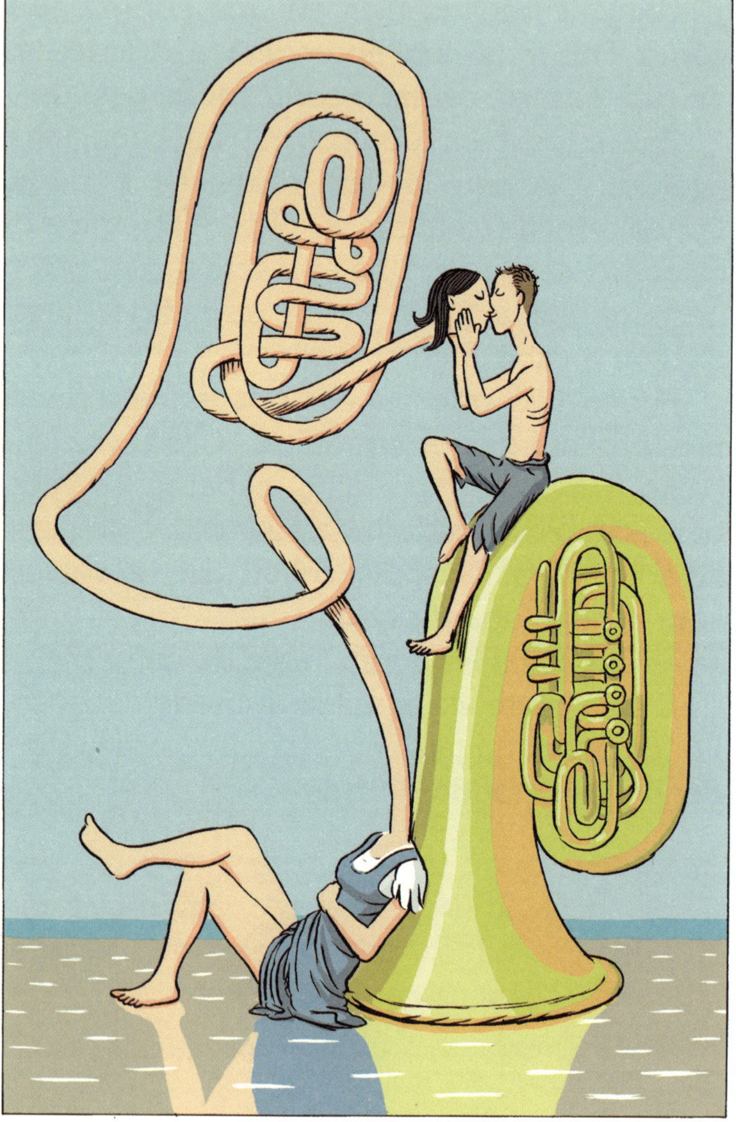

Capítulo 54

Praia Lourida

—Semellas cambiada.

—E ti falas. Vaia voceirón!

—E como se che puso así o pescozo?

—De buscarte.

—E estás ben? Dóeche? Se cadra terás que facer rehabilitación.

—Non me molesta nada, e ten as súas vantaxes: grazas a el estamos agora xuntos.

Tiñan moitas gañas de volver á casa mais aínda demoraron un tempo naquela praia. Falando, durmindo, bicándose e tamén comendo. Alimentábanse das mazás da maceira que abrollou no lugar onde Lina soterrara o seu carozo.

fin da parte terceira

e do libro I

Queridos lectores:

Queredes saber de que falan os mortos?
E que pasará coa Nova Banda de Nil?
E co cocho estudante?
E co can cocho?
E co xoieiro can?
E coa panadeira xoieira?
E co albanel panadeiro?
E co novelista albanel?
E coa carteira novelista?
E por que hai canarios da Selva Recendente no Val das Nove Fontes?
E que tal lles irá a Lina e mais a Pouco na viaxe de volta?
Encollerá o pescozo de Lina?
E ao chegar a Nil, que ocorrerá?
E que será de Propicio?
E que será do seu pai no Pantano Onde Non Amanece?
Quen vencerá na Batalla meirande da Historia?

Que é o que pasa dentro da xente?

Nunca chove no Deserto Anubrado?

Saíronlle finalmente os dedos ao cativo aquel?

Que fai unha maceira de mazás douradas no fondo do mar?

Queredes saber doutras mil cousas que poden pasar?

Pois non deixedes de ler o segundo libro desta historia.

Eu xa o teño escrito, mais como dixo o mesmísimo gato Kandás:

Quixen meter nun libro
o saber dos meus parentes
e saíronme dous tomos
coas folliñas transparentes.

Miña dona Cleopatra
nunca vira cousa tal
líase a fin no principio
e o principio no final.

merlin
Mil cousas poden pasar
Libro II

ÍNDICE

Páx.

O autor

Jacobo Fernández Serrano (Vigo 1971). No ano 89 marchou a Madrid a estudar Belas Artes e no 94 volveu licenciado na especialidade de pintura pola Universidade Complutense; dende entón é ilustrador, autor de banda deseñada, escritor e pintor. Como autor de literatura infantil publicou na colección Merlín de Xerais os libros *A gardería de dona Bixelmina* (2005) e *A pedra e as formigas* (2006). No ano 2009 obtivo o premio Merlín de literatura infantil con *Mil cousas poden pasar. Libro I.* Iniciouse na ilustración de libros de literatura infantil en Xerais con «As aventuras de Nunavut» de Xoán Abeleira: *O nacemento de Nunavut* (2003), *Un día de caza* (2003), *Sedna, a deusa do mar* (2004) e *O caribú namorado* (2005); ao que seguiron outros traballos para diversas editoriais *Tres contos marabillosos* de Vicente Risco, *Vacas na cidade* de An Alfaya, *O Home que plantaba árbores* de Jean Giono, *El televisor mágico* de Braulio Llamero (Algar), ou a colección *Pimpín por aquí non vin.* Ademais de traballos de ilustración de libros de texto, dicionarios, guías de natureza, carteis ou ilustracións para televisión, etc. É, tamén, autor da serie de banda deseñada «Os amigos de Archimboldo Roque», publicada na revista *Golfiño* (2000 a 2004) e recollida no volume homónimo publicado por *Faktoría K* (2008). Tras realizar este personaxe converteuse en colaborador da publicación periódica *Dos Veces Breve*, así como da segunda época da revista *BD Banda*, na que desenvolve a serie titulada «Animais pantasma». Coa obra *Aventuras de Cacauequi* (Edición anotada) (2007), obtivo o premio Castelao de Banda Deseñada organizado pola Deputación da Coruña. En 2008 foi nominado autor revelación no Salón do Cómic de Barcelona e no Expocómic de Madrid. No 2009 apareceu *Marcopola, la isla remera* coa que da inicio a unha serie de cómic adicada aos primeiros lectores.

Recentemente puso en marcha o blog Mil cousas poden pasar (http.//milcousas.wordpress.com/), adicado aos nenos e nenas que len, escriben e debuxan.

PREMIOS MERLÍN

A casa abandonada (4ª edición),
de Úrsula Heinze
Premio Merlín, 1986

A princesa Lúa e o enigma de Kian (3ª edición),
de Palmira G. Boullosa
Premio Merlín, 1987

Ao outro lado do sumidoiro (3ª edición),
de Xosé A. Neira Cruz
Premio Merlín, 1988

As flores radioactivas (18ª edición),
de Agustín Fernández Paz
Premio Merlín, 1989

Fafarraios (2ª edición),
de Gloria Sánchez
Premio Merlín, 1990

Dúas bágoas por Máquina (16ª edición),
de Fina Casalderrey
Premio Merlín, 1991

Os Mornias (3ª edición),
de Lola González
Premio Merlín, 1992

O gaiteiro e o Rato Pérez (2ª edición),
de Bernardino Graña
Premio Merlín, 1993

A expedición do Pacífico (11ª edición),
de Marilar Aleixandre
Premio Merlín, 1994

Perigo vexetal (11ª edición),
de Ramón Caride
Premio Merlín, 1995

Na fogueira dos versos (5ª edición),
de Antonio García Teijeiro
Premio Merlín, 1996

Sireno, Sireno! (3ª edición),
de An Alfaya
Premio Merlín, 1997

Memorias dun raposo (11ª edición),
de Antonio Reigosa
Premio Merlín, 1998

A noite das cabras do aire,
de Bieito Iglesias
Premio Merlín, 1999

As cousas claras (9ª edición),
de Xosé A. Neira Cruz
Premio Merlín, 2000

A merla de trapo (4ª edición),
de Antón Cortizas
Premio Merlín, 2001

Pel de lobo (14ª edición),
de Xosé Miranda
Premio Merlín, 2002

Irmán do vento (11ª edición),
de Manuel Lourenzo González
Premio Merlín, 2003

O Brindo de ouro
I A chamada do Brindo (2ª edición),
de Xesús Manuel Marcos
Premio Merlín, 2004

Unha branca de cobre para Martiño (4ª edición),
Ramón Carredano Cobas
Premio Merlín, 2005

O tesouro da lagoa de Reid'Is (5ª edición),
de Agustín Agra
Premio Merlín, 2006

Minimaladas,
de Carlos López
Premio Merlín, 2007

Xenaro e o misterio da mochila verde (5ª edición),
de Mar Guerra
Premio Merlín, 2008

Mil cousas poden pasar. Libro I, (6ª edición),
de Jacobo Fernández Serrano
Premio Merlín, 2009

A filla do ladrón de bicicletas (6ª edición),
de Teresa González Costa
Premio Merlín, 2010

A chave da Atlántida (4ª edición),
de Anxo Fariña
Premio Merlín, 2011

Palabras de auga (3ª edición),
de Marcos Calveiro
Premio Merlín, 2012

O Castañeiro de Abril,
de Antonio Manuel Fraga
Premio Merlín, 2013